나의 스물에게

스물에서 서른,
10년의 이야기

나의 스물에게

권오욱 지음

좋은땅

CONTENTS

2부
열심히 살지 않는 삶

작가의 말

적지 않으면 다 잊어버릴지도 모른다.

흩어지는 기억의 끝자락이라도 잡아 보려 적기 시작했다.

대단하지 않은 사람이지만,

누구도 몰랐던 내 사적인 이야기를 당신에게 전해 본다.

1부

\\\\\\\

열

심

히

사

는

삶

1 이거 연습게임 아니었나요?

스무 살과 3월. 듣기만 해도 얼마나 가슴 설레는지 모른다. 이미 졸업했음에도 3월의 캠퍼스를 지나가면 절로 기분이 좋아진다. 뭔가 좋은 일이 생길 것 같은 긴 겨울이 지나 꽃이 싹트는 계절, 겨울의 끝, 봄의 시작을 알리는 3월. 영화 건축학개론을 본 사람이라면 다들 상상할 수 있을 것이다. 3월, 그 봄내음 가득한 캠퍼스를 다니면 수지 같은 사람들이 나와 같은 강의실에 있을 것 같고, 운명적인 사랑이 다가올 것만 같다. 하지만 나는 이제훈이 아니었고 스무 살 대학교 1년은 너무나 아팠다.

대학생은 많은 것들을 자신이 결정해야 한다는 걸 대학생이 되기 전까지는 몰랐다. 어엿한 스무 살이었지만 준비되지 않은 성인이었다. 가만히 있으면 모두 친구가 되는 고등학교와 대학교는 달랐고, 내가 다가가지 않으니 누군가 다가와 줄 리 만무했다. 혼자 있는 시간이 많았다. 자존감이 많이 낮았었기 때문에 지나다니기만 해도 모두들 나를 쳐다보며 손가락질하는 것 같았다. 누군가가 "동아리 가입할래?"라고 권유한다면 끄덕이면서 아무거나 해 보고 싶었지만 내가 먼저 한걸음 옮기기에는 나란 사람은 너무나 소심했다.

자존감이 나를 쿡쿡 건들수록 가장 편한 방법을 택했다. 현실이 아니라 모니터 속 세상으로 빠졌고, 수업도 가지 않고 홀로 PC방에 가서 시간을 허비했다. 동아리도 아는 선배도 딱히 없었으니 새내기라고 불릴 일 없이 1년이 지나갔다. 지난 시간이 허망하게 느껴질 정도로 아무런 경험을 하지 않았다. 왜 나는 아무것도 하지 않은 걸까? 이대로 낮은 자

존감에서 벗어나지 못하는 게 아닐까? 후회가 밀려왔다. 이렇게 살고 싶
지 않았지만 평범한 그들이 되기에는 나는 너무 모자라 보였다.

내 스무 살은 실패작이다. 게임처럼 저장된 파일이 있으면 스무 살로
다시 돌아가서 플레이 하고 싶다. 이거 연습이었다고 말해 줬으면 좋겠
다. 한 번 해 봐서 이제 잘할 수 있을 거 같은데…

2 열등감과 자존감

전역을 하고 나서도 나에게는 낮은 자존감과 함께 큰 열등감이 있었다. 그래도 달라진 점이라면 2년간 군에 있으면서 한 후회로 열심히 살아 보고 싶었다. 공부를 열심히 하면서 좋은 게 하나 생겼다. 게임을 제외하고는 살면서 한 번도 뭔가를 잘한다는 소리를 듣지 못한 내가 도서관에 하루 종일 틀어박혀 있으니 (가지고 있는 성적은 형편없음에 불구하고) 공부 잘한다는 이미지가 생겼고 선후배들이 전공을 물어보았다. 항상 있는 듯 없는 듯 살던 내가 처음으로 사람들에게 보이기 시작했다. 평범함조차 아득히 멀어 다가갈 엄두도 나지 않던 이에게 이런 스침은 너무나 큰 신호탄이었다. 워낙에 소심했기에 누가 뭘 물어만 봐도 심장이 쿵쾅거리며 긴장했지만 그래도 처음 가져본 나의 존재에 대해 기쁜 미소를 지을 수 있었다.

매 시험마다 심장이 터질 듯 긴장되었고 발표되는 성적에 울고 웃었다. 마냥 쓸모없고 나를 작게 만든다고 생각했던 열등감은 오히려 열정을 태울 수 있는 심지가 되었고 안간힘 끝에 좋은 결과를 받았다. 처음으로 진정성 있게 노력하고 기대한 성과를 얻은 것이었다. 생각만 해도 가슴이 아려 왔던 열등감이 사라지니 자연스레 자존감이 올라갔다. 드디어 내가 존재하는 이유를 알 것만 같았다. 흐릿하게만 보이던 나의 존재가 이젠 조금이나마 선명해졌고 타인과 구분되었다. 사람이 바뀌기까지 생각보다 오랜 시간이 필요하지 않았다. 그 외에도 많은 열등감을 가진 나였지만, 적어도 나라는 사람도 뭔가 할 수 있다는 생각이 드니 더 이상 캠퍼스가 차갑게 느껴지지 않았다.

생각만 해도 가슴을 후벼 파는 열등감이 있다면, 그 열등감이 내 노력으로 뒤집을 수 있다면, 눈 질끈 감고 한 번 싸워보았으면 좋겠다. 물론 그 과정에서 가시화된 무언가를 도출해 낼 때까지 끊임없이 자신을 의심할지도 모른다. '난 할 수 있을까?' '실패하면 어떡하지?' '너무 힘들다.' 그리고 심지어 그 끝이 실패일지도 모른다. 그럼에도 해 봤으면 좋겠다. 시도조차 안 한다면 지금과 달라지는 건 없을 거니까. 이 푸르른 시기를 열등감에 젖어 아파만 하기엔 나라는 존재는 너무나 소중하다.

3 근거 있는 자신감

2014년에 김어준이 청춘페스티벌에서 한 HUGO BOSS 정장 이야기를 참 재밌게 들었다. 유럽 배낭여행을 하면서 뭔가 홀린 듯 10만 원을 남겨두고 전 재산을 털어서 BOSS 정장을 샀고, 그 정장을 입고 노숙까지 했다는 웃기지만 슬픈 이야기로 시작한다. 하지만 그 비싼 정장을 입은 자신감으로 호스텔과 제휴를 맺고 나서 많은 손님을 끌어 와 돈을 벌었다고 했다. 이야기 하나하나 대단하고 멋지단 생각이 들었다. 하지만 제일 인상 깊은 이야기는 BOSS를 입었을 때의 그의 생각이다. "난 BOSS를 입었잖아? 근데 내가 뭐 꿀릴 게 있어?"라고 생각했다고 한다. 저 근거 있는 자신감 얼마나 멋진가?

또한 좋아하는 TED 강연 중의 하나가 에이미 커디(Amy Cuddy)의

〈Your body language may shape who you are〉이다. 그 강연에는 자신감이 없어 자기는 안 될 거라고 생각하는 학생이 나온다. 하지만 교수는 계속해서 할 수 있다고 자기암시를 하라고 조언했고, 그 페이크(Fake)는 결국 그를 그걸 해낼 뿐만이 아니라 그런 걸 할 수 있는 사람으로 만들었다. 터무니없어 보일지 모르겠지만, 우리가 머리로 할 수 있다고 속인 것이 언젠가 정말 그것을 할 수 있는 사람으로 인도한다고 말한다.

에이미 커디의 강연처럼 되고 싶은 모습을 상상하고 따라한다면 정말 그 모습이 될 수 있을까?

공부에 대한 열등감을 채우고 나니 또 다른 부족함이 생각났다. 아는 선후배가 거의 없을 만큼 인간관계의 폭이 좁았고, 사람을 사귀는 건 생각만 해도 가슴이 아릴 만큼 어려웠다. 그래도 부딪혀 보자는 생각으로 가입한 동아리 면접에서 문득 이런 생각이 들었다. '내가 성적도 좋은데 뭐 꿀릴 게 있어?' 그 후, 신기하게도 BOSS를 입은 김어준처럼 다른 사람이 된 듯 자신감 있게 행동했다. 단순한 생각의 차이였지만 그 효과는 엄청났다.

한순간에 외향적으로 변한 게 아니었다. 단지 TED 강연처럼 '난 밝고 외향적인 사람이야'라며 되뇌었고 시간이 흐르며 정말로 그런 사람이 된 것이었다. 사람은 내가 생각한 것보다 더 쉽게 변할 수 있는 것인지, 한 번 잘 살아 보겠다고 안간힘 쓴 지 1년 만에 많이 다른 사람이 되었다.

만약 내가 열등감에서 벗어나지 못했었다면, 타인보다 나을 게 전혀 없다고 생각하고 있었더라면, TED 강연에서처럼 스스로 암시한다고 해서 외향적으로 바뀔 수 있었을까 생각해 본다. 누군가는 가능하겠지만 보통의 경우라면 많이 힘들지 않을까 싶다. 그렇다면 평범한 이들에게는 근거 있는 자신감을 줄 무언가가 필요하지 않을까?

4 꾸기 힘든 꿈

2학년이 끝나갈 때쯤에 신입생의 멘토가 되어서 여러 활동을 하는 프로그램에 참여하였다. 그 프로그램 안에는 선발된 강연자들이 자신의 대학생활을 주제로 강연하는 시간이 있었다. 자신만의 이야기로 채워진 여러 사람들의 이야기를 들으며 많은 생각이 들었다. 정말 저 사람들은 특별한 인생을 살고 있구나, 자신이 뭘 하고 싶은지 어떤 사람인지 스스로 잘 안다며 감탄했다. 하지만 나에게는 그저 먼 나라 이야기 같았다. 마치 숱하게 성공한 사람들의 자서전을 읽는 것처럼.

꿈이란 뭘까? 별 생각이 없었다. 학교에서 공부를 하면서 가진 생각은 학점을 받아서 취업할 때쯤에 토익을 맞추고 좋은 곳에 취업하면 성공한 대학생활이라고 생각했다. 아니 사실 거기까지도 생각해 보지 않았다. 그냥 주어진 학기에 공부를 하고 방학 때면 남들이 뭐 하는지 보고 '그래야 하나 보다.'라며 따라 공부하였다. 여러 사람들의 이야기를 들으며 멋지다는 생각은 들었지만 그렇다고 해서 무언가를 하겠다는 꿈이 갑자기 덜컥 생기진 않았다.

더욱이 내가 생각하는 꿈과 사회에서 생각하는 꿈은 좀 다른 것 같았다. 꿈꾸라고 말하지만 내가 말하는 게 직업과 스펙과 관련이 없다면 그럴 때가 아니라는 듯 훈계가 이어졌다. 하고 싶은 거 하라는 줄 알았더니 타인이 말하는 꿈은 성공하는 방법을 찾으라는 말이었던 것이다.

그리고 하고 싶은 게, 꿈이 생겼다고 해서 당장 그것에 올인하는 것도 쉽지 않다. 해야 하는 것과 하고 싶은 것 사이에서 우리는 보통 우리에게 주어진, 해야 하는 것을 택한다. 해야 하는 걸 다하면 또 다음 미션을 준다. 그러면 행하지 말고 꿈꾸기만 하라는 건가? 20대의 삶은 너무 무거웠다. 미션이 너무 많았다. 마라톤에서는 남들에게 뒤처지지 않기 위해 계속해서 달려가야 하고, 그러다 보면 내가 걷고 싶은 길은 그냥 지나쳐 버리게 된다. 누가 그러라고 한 적 없다고? 미안하지만 내가 눈치를 좀 많이 본다.

5 도피와 꿈 사이

많은 대학생들이 앓는 '대2병(대학생 2학년 때 오는 병)'이 나에게도 찾아왔다. 호기롭게 앞으로 모든 것이 계속 좋을 거라고 예상했지만 내 인생은 마냥 달콤하지 않았다. 성적은 계속해서 떨어졌고 불안감은 더해졌다. 시험 전에는 공부하고 시험이 끝나면 놀았다. 이거 어쩐다. 이제는 다른 길은 생각도 못 할 만큼 긴 마라톤에서 뒤처지는 게 느껴졌다. 내가 전공에서 하고 싶은 일을 찾을 수 있을까? 지금처럼 공부하면 나는 뭐가 될까? 나도 전에 강연 들었던 그 사람들처럼 빛나며 살 수 있을까? 답이 보이지 않는 질문들만 끊임없이 쏟아졌다. 이대로 가면 나는 아무것도 될 수 없다는 불안감이 엄습했다. 자신감이 없어지는 만큼 세상에 대한 눈치도 많이 보였다.

그 와중에 한 가지 하고 싶은 게 생겼다. 외국에 가 보고 싶었다. 태어나서부터 지금까지 24년 동안 단 한 번도 비행기를 타 본 적이 없었으니 그럴 만도 했다. 어떤 게 하늘을 나는 느낌인지 상상조차 안 갔다. 눈치를 많이 보는 나에게 적당한 이유도 갖추었다. 그건 바로 '놀러 나가는 게 아니라 영어를 배우러 가는 거다!' 난 정당방위라고 생각했다. 그렇게 1학기가 끝나고 외국에 가겠다고 결심했다. 사실상 공부에 지치고 현실이 버거워 떠나고 싶었던 이유가 컸지만 이래나 저래나 떠나기로 했다. 다녀온다면 그래도 조금 나아지겠지, 그래도 지금보다는 살 만하겠지.

6 첫 외국

처음이라는 것은 누구에게나 단 한 번밖에 없기에 특별하다. 첫사랑, 첫눈, 첫키스. 첫 순간들을 한번 눈을 감고 생각해 보면 절로 입에 미소가 지어진다. 처음은 설렘도 줄 수 있지만 해 보지 않았기에 두려움이 앞서기도 한다. 비행기도 스물네 살이 되도록 타 본 적 없던 내가 첫 외국으로 향했다. 이 걸음이 누군가와 함께였다면 분명 흥분되고 설레는 순간이었겠지만 홀로 떠나는 길엔 걱정이 앞섰다. 영어를 입 밖으로 뱉어 본 적도 없고 외국 경험도 없었다. 그런 미지의 세계로 태어나 처음으로, 그것도 홀로 떠나는 길이었다. 비행기 표를 받는 것, 출국심사를 받는 것 모두를 몇 번이고 되새길 만큼 온갖 걱정이 머릿속을 채웠다. 비행기 타는 것조차 걱정하는, 다른 사람에 비해 너무나 부족한 내가 정말로 잘하고 돌아올 수 있을까?

홀로 비행기 창가 자리 한편에 앉아 창밖을 바라보았다. 인간관계가 그리 넓지 않았기 때문에 몇몇의 사람들에게 간단히 인사를 하고 떠날 마음의 준비를 마쳤다. 한때 '이 세상 모든 게 허구이지 않을까? 정말 외국이라는 게 있는 게 맞을까?'라며 시시한 공상에 젖어도 보았는데 그 공상을 깨러 떠나는 길이었다.

문득 주위 사람들에게 시선이 갔다. 이런 비행쯤은 아무것도 아니라는 듯이 노트북으로 영화를 보던 커플, 여기저기서 들뜬 목소리도 떠드는 사람들도 보였다. 그 가운데 나는 혼자였고, 느끼는 외로움은 더 커져 갔다. 4시간 정도의 비행이 끝나가자 저 멀리서 노란빛으로 물들어 있는 마닐라의 야경이 보였다. 상공에서 바라보는 야경은 아름다웠고 새로운 시작의 긴장은 잠시 잊은 채 카메라 셔터를 연신 눌러 댔다. 역시나 처음은 처음이었다. 첫 비행, 첫 외국, 첫 외국에서 만나게 될 나. 새로움은 늘 걱정과 함께 오지만 설렘 또한 있었다.

떠나는 마음에는 기필코 원어민처럼 되어야지 같은 생각은 없었다. 그러기에는 나는 너무 부족했으니까. 사실 난 마라톤에서 뒤처지는 내가 싫어서 도피한 거니까. 감히 잘 해낼 자신은 없지만 떠나기로 했으니까 떠나는 중이었다.

처음으로 탄 비행기에서 찍은 사진
첫 비행, 첫 외국, 첫 외국에서 만나게 될 나.
새로움은 늘 걱정과 함께 오지만 설렘 또한 있었다.

7 바보야? 왜 말을 못해!

마닐라의 황홀한 밤의 불빛을 바라보다 머지않아 쿵 하는 바퀴소리와 함께 필리핀에 도착했다. 사진 찍을 때 기분 좋았던 것도 잠시, 정말 외국이라는 생각에 긴장이 몰려왔다. 공항 여기저기에서는 이전엔 들어보지도 못한 영어들이 시방에서 쏟아져 나왔다.

마지막 관문인 입국심사가 남아 있었다. 영어를 한마디도 못하는 나에겐 이것 또한 큰 관문이었다. 부디 아무것도 묻지 않고 보내 주길 바라고 또 바라고 있었다. 이윽고 내 차례가 왔고 심사관의 "Next!"라는 말과 함께 앞으로 나갔다. '제발 그냥 보내 주세요…' 아무것도 물어보지 않길 간절히 바랐던 나의 소망을 비웃기라도 하듯이, 나에겐 너무나도 어려운 질문을 했다.

심사관 : 입국신고서에 3달 동안 여행한다고 돼 있는데 너무 길지 않아? 여행하는 게 맞아?

나 : (침묵)

머리가 새하얘졌다. 모르는 걸 넘어 정말 어떻게 해야 할 줄 몰라 얼어 버렸다. 어학원에서는 여행으로 찍기만 하면 된다고 했었다. 나는 정말 모자란 사람이었다. 초중고 12년간 뭐했단 말이야? 내 모습이 한심하기 짝이 없었다. 그 순간 비행기 안에서 펜을 빌렸던 옆 좌석의 남자분이 내 친구라고 하며 유창한 영어로 나 대신 상황 설명을 해 주었고, 그제야 무사히 통과할 수 있었다. 그분이 없었더라면 어떻게 됐을지 생각만 해도 끔찍했다.

무사히 통과해서 다행이라는 생각도 잠시, 스스로에게 화도 났고 부끄러움이 밀려왔다. 영어 한마디도 못해서 그렇게 바보처럼 가만히 서 있던 나. 이미 알고 있었지만 나는 너무 부족한 사람이었다. 유창한 영어로 설명해 주던 그가 너무 부럽고 멋있었다. 감사하다는 인사와 함께 여러 이야기를 나누었다. 열심히 하면 잘할 수 있을 거라는 그의 말이 현실감 있게 들리지 않았다. 그건 너무나도 먼, 닿을 수 없는 꿈같은 이야기 같았다.

그럼에도 열심히 공부해서 저분처럼 영어를 잘하게 되고 싶었다. 저렇게 멋있어져야지. 왜 영어를 잘해야 하고, 잘하고 싶은지 동기가 전혀 없던 나에게 큰 동기가 생긴 순간이었다. 과연 저 사람처럼 될 수 있을까? 바기오(Baquio)로 가는 버스 안에서 비 오는 창밖을 바라보며 많은 생각이 오갔다. 정말로 열심히 한다면 할 수 있을까? 스스로 의심해 보았다.

8 외로움과 미련함

외로움을 견디는 방법에는 여러 가지가 있다. 좋아하는 취미 생활을 한다거나, 사람들을 만난다거나, 무언가에 집중한다거나. 스무 살의 나는 외로움을 잊기 위해서 PC방에서 살았다. 그리고 복학을 하고 나서는 한번 열심히 살아 보겠다는 포부도 있었지만 외로움을 달래기 위해 쓸모 있는 무언가가 필요했다. 그게 바로 공부였다.

필리핀에 도착해서는 학원에서 공부를 열심히 했다. '공항에서 은인을 만나서 그때부터 열심히 했다.'라는, 잘 포장된 거짓말은 하고 싶지 않다. 이건 마치 〈원피스〉의 루피가 샹크스를 만나고 해적이 되겠다고 말하는 것과 같다. 물론 영향을 주었지만 그게 절대적인 이유는 아니다. 그렇다면 왜 열심히 했던 것일까? 정말 솔직한 첫 번째 이유는 외로워서였다. 처음 하는 외국생활은 어려웠고, 기댈 곳이 없었고, 홀로 모든 걸 잘 해내기엔 난 충분히 강하지 못했다. 무언가 하지 않는 시간이 싫었다. 아무것도 하지 않고 있을 때면 외로움이 커져 갔다. 하지만 사교성이 좋지도 않고, 노는 걸 잘하지도 못해서 시간이 있을 때 공부하는 게 가장 마음이 편했다. 내가 공부에 미치면 미칠수록 나는 무언가 하고 있다고 느껴졌고, 외로움을 외면할 수 있었다. 하지만 외면하고 있었지만 여전히 존재하는 외로움이 불쑥 튀어나와 날 후벼 파듯 아프게 했다.

두 번째는 자존감을 찾고 싶어서이다. 즉, 영어는 나에게 열등감이었고 이 열등감과 싸워야지 내가 괜찮을 것 같았다. 학원에는 레벨이 나눠져 있었고 나의 낮은 레벨, 그리고 타인에 비해 확연히 보이는 부족함이 나를 조급하게, 작아지게 만들었다. 건드릴 때마다 아픈 이 상처를 아물게 하려면 공부하는 수밖에 없었다. 학원은 평일에는 외출이 금지되어 있었고 수업이 끝나고는 선택수업이나 개인 자습을 했다. 학원을 다니면서 단 한 번도 어디론가 여행을 가지 않았고 외출도 거의 하지 않았다. 그냥 공부만 했다. 그리고 부디 진전이 있기를, 더 이상 뒤처지지 않기를 간절히 바라고 바랐다.

다시 돌아간다면 왜 그렇게 아파했냐고, 너무 애쓰지 않아도 된다고 안아 주고 싶다. 돌이켜보면 나는 그만큼 잘 살아 보고 싶었던 것이다.

9 다짐이자 약속

Out of sight, out of mind. 눈에서 멀어지면 마음에서도 멀어진다. 이 말은 비단 연인과의 관계에서만 쓰이는 건 아니라고 생각한다. 공부를 하던 와중 문득 드는 생각이 있었다. 세상에 멀어지니까 너무 행복하구나. 눈앞에 현실이 보이지 않으니까 마음이 편해졌다. 그리고 조금 더 넓은 세상에서 여러 사람들의 이야기를 들었다. 이미 많은 세계여행을 하고 온 사람들, 다양한 경험을 한 사람들, 필사적으로 영어공부를 하고 있는 40대 아저씨들. 우물 안 개구리처럼 같은 학교 사람들, 그것도 거의 같은 전공 사람들밖에 몰랐던 나로서는 많은 자극이 되었다. 현실에서는 항상 이성주의자였는데 눈에서 멀어지니 이상이 조금씩 보이며 딴생각이 나기 시작했다. 꿈을 꾸지만 눈치를 보느라 전혀 행동에 옮길 생각을 못했는데 왠지 이제는 괜찮을 거 같았다.

내 머릿속을 관통한 생각을 한 줄로 요약하자면 '멋지게 살고 싶다.'였다. 나도 저렇게 여러 도전과 경험을 한다면 얼마나 멋있어질까? 참 유치한 나지만 나만의 멋진 이야기를 만들고 싶었던 것이다. 지금 보면 다소 오그라들지만 학원 로비에서 나름의 결심을 하고 하나의 글을 적었다.

어학연수가 끝나고 나서 뭘 해야 할까 계속해서 고민이 많았다. 똑같이 공부하고 똑같이 그냥 한국으로 돌아가서 학업으로 돌아가는, 그냥 그런 이야기를 꾸리고 싶지 않다는 생각이었다. 작년 12월에 학교에서 '나는 대학생이다' 멘토를 할 때 '나는 프리젠터다'를 본 다음부터 이런 생각이 들었다. 나도 저 사람들처럼 이야기를 했을 때 '와 멋있다.'라고 할 수 있는 사람이 되고 싶다고. 그리고 프리젠터 분들 중 한 분이 말씀하신 '까짓 거 그냥 해 봐.'라는 참 쉬운 말도 닮고 싶었다. 아무것도 아는 게 없지만 그때부터 어느 것이든 아주 조금이라도 다르게 살고 싶어졌다. 그리고 현재 그렇게 살려고 노력하고 있다. 휴학 2년이면 정말 긴 시간일 수도 있겠지만 고민 끝에 결정했다. 하고 싶은 게 생겼으니 하면 된다.

이건 다짐이자 약속

내년 4월까지 캐나다에서 공부한 다음 호주로 가서 돈을 모으고 세계 여행을 떠나자.

현실성이 있든 없든 꿈은 항상 우리 안에 있다. 바쁘게 앞을 향해 뛰느라 꺼내 볼 생각도 못했지만, 쉬어가는 김에 열어 볼까 싶었다. 내가 과연 다짐한 것을 다 할 수 있을지, 아니 그것의 반만이라도 할 수 있을지 몰랐다. 못 이루면 또 어때? 적어도 '해 볼걸…'이라는 후회는 없을 거니까 그걸로 만족할 거라 생각했다.

일단 시작만 해도 행복해진다. 성공을 떠나서 그 꿈에 다가가려는 발걸음에 가슴이 두근거리니까. 생에 처음으로 스스로 살고 싶은 미래를 그려 본 순간이었다.

10 시작의 끝, 끝의 시작

필리핀에서의 3개월이 눈 깜빡할 사이에 지나가고 떠날 시간이 되었다. 역시나 3개월의 시간은 무언가 충분히 이루기에는 부족한 시간이었다. 캐나다에서도 6개월 정도 체류할 계획이어서 공부에 대해 너무 조급해하지 않기로 했지만 새로운 시작에서 또 혼자가 되겠다는 걱정이 앞섰다.

다가갈 줄 몰라 혼자를 선택했던 나에게 먼저 손 내밀어 준 고마운 사람들이 있었다. 정착하지 못하고 표류하는 듯 정처 없이 흘러가던 마음이었는데, 그들은 힘들 때 잠시 머물 곳이 되어 주었다. 그들로 인해 외로우면서도 외롭지 않았고, 힘들면서도 힘들지 않았다. 할 수만 있다면 여기서 몇 개월 더 있으며 좋은 사람들과 함께하고 싶다는 어린 마음이 스쳐지나갔다. 아직까지는 만나고 헤어지는 것이 익숙하지 않은, 순수하고 정이 많은 나였다.

고마운 사람들이 공항 가는 버스까지 바래다주는데 마음이 시큰했다. 돌고 돌아 다시 한국에서 만날 수 있을까. 꼭 그랬으면 좋겠다고 생각했다. 영원한 건 없는 걸 알지만 끝은 항상 아쉬웠다. 가까워진 사람들을 뒤로한 채 떠나는 발걸음은 그렇게 가볍지 못했다. 끊임없는 공부는 쉽지 않았지만 살면서 이렇게 사람과 가까이 지내 본 적이 없었기에 그래도 행복한 순간이었음을 다시 느꼈다.

이제 겨우 시작이었기에 공부의 성과에 만족도 아쉬움도 없었다. 그저 앞으로 잘 해낼 수 있기를 바라며 마음을 다잡을 뿐이었다. 시작점을 떠나 새로운 곳으로 가는 발걸음은 시작의 끝이었다. 뒤집어 말해서 또다시 혼자가 되는 그 순간은 끝의 시작이었다. 어느 것이 앞서든, 끝과 시작은 같았다.

11 낯선 땅, 익숙한 외로움

예나 지금이나 사람이 날 힘들게 한다. 그 마음이 그리움이든 증오의 감정이든. 많은 이들도 외로움이든 상처이든 사람 때문에 힘들었던 기억이 있을 것이다. 있어도 없어도 힘든 참 까다로운 게 사람. 좋아하는 책인 정유정 작가의 《28》의 한 구절이 생각난다.

그들은 '누군가'를 향해 모이는 것이었다.
자신이 아직 살아 있다는 걸 확인시켜 줄 누군가.

그렇게 살고 싶었기 때문에 많이 공감 가는 문장이었다. 혼자 있는 시간이 더 이상은 싫고, 누군가를 만나서 얘기하면서 내가 살아 있음을, 행복함을 느끼고 싶었다.

몬트리올(Montreal)에서의 삶은 순탄치 않았다. 잘 적응하지 못하고 외로움이 증폭되자 자연스럽게 캐나다와 시간이 정반대인 한국에 있는 사람들에게 계속 연락을 했다. 열심히 하던 지난 몇 달과 달리 거의 펜을 놓았다. 한 공간에서 같이 지내며 시간표대로만 공부하면 됐던 필리핀 때와는 전혀 다른 환경이었다. 너무 적응을 못해 코디네이터를 찾아가 전체 취소가 가능한지 물어보고 필리핀으로 돌아가는 것도 생각해 보았다.

나는 새롭고 낯선 것에 지레 겁을 먹으며 멀리하고 있었다. 스무 살의 내가 생각났다. 피하면 안 되는 문제였지만 한번 다가갈 생각도 하지 않고 외면했고 후회하고 또 후회했다. 지금처럼 외로움에 이끌려 방황하다가는 실패로 끝날 게 뻔했다. 이게 내 마지막 기회일지도 모른다는 걸 누구보다도 더 잘 알고 있었다. 그 끝이 설령 실패일지라도 노력조차 하지 않는다면 후회하고 또 후회할 게 뻔했다.

마음 정리를 끝내고 한번 잘해 보기로 했다. 새벽까지 미친 듯이 공부하고 이런 것이 아니라, 그저 여기서 한번 잘해 보자고 마음먹었다. 계속해서 외로움이 날 흔들지 못하게 메신저를 삭제하고 현지 생활에 집중했다. 막상 피하지 않고 정면으로 부딪치니 생각보다 손쉽게 적응을 해나갔다. 나에게 정말로 필요했던 것은 처절한 노력이 아니라 생각의 전환이었던 것이다.

바보같이 스무 살처럼 또 다시 후회로 내 시간들을 물들이고 싶지 않았다. 그게 차이였다.

12 계획 그리고 발전

전반적으로 나를 뒤돌아봤을 때 뭔가 애써 하지 않아 왔기에 그저 소극적인 사람이라고 생각했다. 몬트리올에서는 나도 몰랐던 날 알게 되었다. 생각보다 호기심이 많았고 이것저것 하려는 욕심도 있었다. 어쩌면 이때의 삶은 후회하지 않기 위해 무언가를 하는 것에 초점이 맞춰진 게 아닐까 생각한다. 살면서 여행이라는 걸 제대로 해 본 적이 없어서 여행이 주는 설렘이라든지 기쁨이라든지 알지 못했다. 하지만 몬트리올에서는 마치 여행광인 듯 여기저기를 돌아다녔다. 다시 돌아오기 힘든 지구 반대편이었기에 내가 있는 이 시간 동안 최대한 넓은 세상을 봐야겠다는 생각이 깔려 있었다. 계획 짜는 걸 좋아했기 때문에 공부 계획뿐만이 아니라 몬트리올을 떠날 때까지 언제 시간이 비는지 적어두고 언제 어딜 갈지 미리 정해 두었다. 역시나 생각대로 과거의 내 부지런함에 현재 고마움을 느끼고 있다.

여러 여행을 주도하기도 하고 따라가기도 했다. 자연스럽게 여행을 하면서 어려웠던 외국인 친구들과 가까이할 수 있었고, 많은 친구들을 사귀었다. 친한, 혹은 친해지고 싶은 클래스메이트에게 "여행 갈래~?"라고 물어보는 넉살도 생겼다.

사람은 생각보다 쉽게 변할 수 있었고, 계속해서 경험의 폭을 넓혀 가며 달라지고 있는 중이었다. 이전에 부족하다고 생각한 것들이 충족되니 이곳에서의 생활이 꽤 좋아졌다. 영어에 대한 압박감도, 외로움에서 파생된 고통도 사라졌다. 불과 넉 달 전에 공항에서 겪은 곤욕을 생각해 본다면 정말 많이 발전한 셈이었다. 계속 걸어 나가고 있다는 느낌이 좋았다.

13 떠나야겠다

더 넓은 세상을 보고 싶다는 생각이 문득 들었다. 내가 모르는 저 도시는 어떨지, 거기에는 어떤 사람들이 있을지, 너무 궁금해졌다. 편한 곳에 눌러앉지 않고 다시 털고 일어나서 떠나는 건 쉽지 않은 일이었지만 미지의 세상이 주는 두근거림이 너무나 컸기에 가슴이 시키는 대로 밴쿠버(Vancouver)로 가기로 결정했다. 예전의 나였다면 혼자서 낯선 도시로 떠나는 것에 두려움이 앞섰겠지만 홀로 서 보니 이런 것쯤 해낼 만큼은 단단해져 있었다. 해외생활을 하며 가장 크게 성장한 부분이 바로 이것이었다. 항상 불안해하며 무언가를 선택할 때는 다른 누군가의 조언이 필요했는데 지금은 홀로 생각하고 선택하며 내 삶을 살고 있었다. 홀로 서는 힘은 타인과 비교하지 않고 나답게 사는 큰 행복을 주었다.

그렇게 12월 26일, 크리스마스가 지나고 두 달간의 몬트리올 생활을 마치고 다시 비행기를 탔다. 필리핀과는 달리 더 이상은 떠나는 발걸음이 외롭지 않았다. 그저 새로운 도시 밴쿠버에서 무슨 일이 일어날지 너무 기대되고 설레었다.

혼자 생각하든 누군가가 조언을 해 주든 선택이라는 것은 쉽지 않다. 선택에 있어서 분명한 건 갈림길에서 마음이 이끄는 대로 간다면 '그때 한번 해 볼걸 그랬나?'란 아쉬움은 생기지 않다는 것이다. 안 하면 후회가 남지만 시도라도 해 보고 잘 안 되면 실망은 하더라도 후회는 남지 않더라. 실망과 후회 중 하나를 고르라면 백 번이고 실망을 선택할 것이다. 실망했다는 건 무언가 경험했다는 뜻이니 말이다.

14 새로운 도시, 밴쿠버

새로운 도시에서 새해를 맞았다. 낯선 도시에 혼자였지만 그 기분이 썩 나쁘지 않았다. 예전 같았으면 쓸쓸한 마음이 들었을 것 같지만, 그다지 불편하거나 신경 쓰이지 않았다. 항상 부족하다는 생각이 들었는데, 이때쯤에는 충분하다는 생각이 들어서였다.

해외에서 처음 보내는 새해인데 혼자 방에서 보내기 아쉬워 시내를 걸어 다녔다. 딱히 퍼레이드가 있던 건 아니지만 길가에서 카운트다운이 들어갔고 0이 되는 그 순간 "Happy New Year!"이라고 길 가는 사람들에게 서로 말해 주며 기분 좋은 인사가 오갔다. 차는 기분 좋은 클랙슨을 울려 댔다. 도착한 지 며칠이 되지 않았지만 이 도시의 모든 것이 마음에 들었다. 특히 몬트리올에 비해서 춥지 않아서 몸도 마음도 녹는 느낌이었다. 보통의 사람들이 그러하듯이 신년목표도 세우고 그럴듯한 계획도 세웠다. 토플 80점 이상, 학원에서 고 레벨까지 올라가기, 귀 트이기와 같은. 이 도시, 예감이 좋았다.

새롭게 시작하는 세션 전에 학원 O.T를 다녀왔다. 많은 사람들이 보였고 한층 더 성장한 후라 자신 있었기에 마냥 기대됐다. 학원은 몬트리올과 같았지만 규모는 훨씬 더 커서 많은 수업 선택권이 있었고 사람들도 많았다. 교환학생 준비를 해야 했기에 몬트리올에서는 없던 토플 수업을 듣기 시작했다. 정말 감사하게도 밴쿠버에서 내 영어에 결정적인 영향을 미친 은인인 픽시 선생님을 만나게 되었다. 그 선생님 아래에서 많은 걸 배웠다. 열정적이었으며 부족했던 작문, 고등문법 등 필요한 모든 걸 한 수업에서 배울 수 있었다. 이 기회를 놓치지 않고 마지막 석 달 동안 이 선생님 수업만 주구장창 들으며 실력을 폭발적으로 늘려 갔다.

밴쿠버로의 이동은 완벽한 선택이었다.

15 그게 바로 간절함이었구나

'R=VD'라는 말 들어 본 적이 있는가? 《꿈꾸는 다락방》이라는 책에서 소개 된 법칙인데, 'Realization = Vivid Dream'의 줄임말로 말하자면 '생생히 꿈꾸면 이루어진다.'라는 뜻이다. 《시크릿》이란 책에서도 비슷한 이야기를 다루고 있다. 솔직히 말하면 처음에 《시크릿》을 읽었을 때 뭐 이런 말도 안 되는 책이 다 있나 싶었다. 간절히 바라고 상상하면 그게 이루어진다니. 얼마나 터무니없는 소리인가? 그럼 간절히 바라고 바라기만 하면 로또 1등이든 서울대 입학이든 구글 입사든 다 된다는 말인가? 나는 그런 법칙을 인정할 수 없었다. 스물다섯 살이 되어 맞은 겨울까지는.

학교의 공지사항에 보면 가끔 '해외인턴' '교환학생'과 같은 글들이 있었다. 외국에서 외국어를 말하며 수업을 듣거나 직장 동료들과 얘기를 나누는 상상을 해 보면 몸에 닭살이 돋을 정도로 멋지겠다는 생각이 들었다. 이전의 일화에서도 알 수 있겠지만, 영어 울렁증 정도가 아니라 영어의 '영'자도 모르는 사람이었기에 감히 내가 그 사람이 될 수 있다고는 생각조차 해 보지 않았다.

영어공부를 하다 보니까 문득 교환학생이 되고 싶었다. 나도 어쩌면 할 수 있지 않을까? 휴학을 3학년 1학기를 마친 상태에서 했고, 정말 마지막 기회였기 때문에 한번 준비해 보고 싶었다. 한국에서 준비시간을 최대한 짧게 만들기 위해서 밴쿠버에서 토플을 준비했다. 구체적인 동기와 목표가 생기니 더욱더 집중할 수 있었다. 이렇게 간절히 바라고 또 바라면 상상이 아니라 언젠가 현실이 되지 않을까?

아아… 이제 알겠다. R=VD가 무엇을 말하고 싶었는지. 마냥 구체적으로 상상하기만 하면 이뤄진다는 말이 아니었다. 사실은 그 상상이 동기를 부여하고, 한 걸음씩 나아가도록 하는 것이다. 그렇게 그 길을 걷다 보면 어느새 꿈에 가까워진다.

그 꿈을 생생하게 그릴 수 있다는 것은 그걸 향한 마음이 간절하다고 할 수 있다. 항상 주시하고 있기 때문에 기회가 기회인지 알아보고, 그 기회가 온다면 잡을 준비가 되어 있다는 뜻일지도 모르겠다.

어쩌면 이번이 처음이었다. 성적을 위해서 공부했고 영어는 취업이든 뭐든 항상 성가시니까 잘하면 좋겠다고 생각하였다. 하지만 이번에 내가 원한 교환학생을 위한 건 누가 정해 준 게 아니라 그냥 내가 되어 보고 싶었다. 훗날 미국의 어딘가에서 여러 미국인들과 함께 수업을 듣고 캠퍼스를 돌아다니는 나를 생생히 상상하며.

16 맥주와 도리토스

바쁜 하루 속에 지쳐갈 때 '아 오늘은 집에 가서 뭘 할 거야.'라고 생각할 만한 게 있다면 정말 좋을 것 같다. 정말 보고 싶었던 영화를 받아 놓고 '오늘은 퇴근하고 나서 맥주 한 캔 마시며 영화 봐야지!'나 '밤에 노래 들으면서 산책 가면 너무 좋을 것 같아.'처럼 말이다.

거창한 여행이나 근사한 식사가 아니더라도 분명 우리의 삶을 조금 더 아름답게 만들어 줄 무언가가 각자 하나쯤은 있다고 생각한다. 정말 무엇이라도!

요즘에는 일을 마치고 집으로 돌아와 노래를 들으며 이렇게 글을 적는 게 행복이다. 생각한다고 앉아 있으면 여러 생각이 들어 미소 짓곤 한다. 이 글을 적고 있는 지금 이 순간에도 행복하다.

밴쿠버에서는 공부에 완벽하게 집중할 수 있었다. 모든 환경이 맘에 들었다. 좋은 홈스테이, 마음에 드는 학원, 춥지 않은 날씨, 어지럽지 않은 나의 마음. 나에게 온 가장 큰 변화는 더 이상 혼자서 무언가를 하는 걸 두려워하지도 신경 쓰지도 않게 되었단 것이다. 하루 일과는 간단했다. 학원에 가서 공부하고 도서관에 가서 공부하고 집에 와서 저녁 먹고 공부하며 내가 해야 할 것에 집중하였다.

당연하겠지만 매일 흔들림 없이 공부한다는 것은 힘든 일이었다. 과연 내 목표에 닿을 수 있을까? 조급한 마음마저 들었다. 지칠 때면 도서관에서 집에 돌아오는 길에 편의점에 들러 도리토스 한 봉지를 사왔다. 하루 끝에 맥주 한 캔이 주는 소소한 행복이 좋았다. 딱히 말해도 풀리지 않을 힘듦이었지만 이상하게도 마시고 있으면 기분이 괜찮아졌다(이래서 사람들이 술을 마시나 보다).

참 대단하지 않은 맥주 한 캔과 과자 한 봉지였지만, 어째서일까? 그때 미지근한 맥주에 얼음을 넣어 마시던 내 모습이 아직도 종종 생각난다.

밴쿠버 홈스테이 방에서 마시던 맥주.
개인 냉장고도 없어 얼음을 띄워 마셨지만
도리토스 한 봉지와 마시던 맥주가 그렇게 맛있을 수가 없었다.

17 다시, 한국

떠나기 며칠 전부터 내가 좋아했던 곳을 돌아다니며 카메라에 담기 시작했다. 잉글리시 베이(English Bay), 스탠리 파크(Stanley Park), 그

랜빌 아일랜드(Granville Island), 퍼블릭 라이브러리(Public Library), 학원, 개스타운(Gas Town)… 이 도시의 많은 것들이 좋았다. 밴쿠버는 살고 싶은 도시를 고르라고 하면 망설임 없이 선택할 정도로 좋아하는 도시이다. 큰 도시지만 바쁘지 않고 여유가 묻어난다. 평소에 걷는 걸 좋아해서 노래를 들으며 스탠리 파크를 걸을 때면 그저 행복했다.

정들었던 홈스테이 아이들과 친절하신 아주머니와도 인사를 나누고 그 집도 잊을세라 카메라에 담았다. 나중에 이 사진들을 보면 내가 있던 이 시간들을 돌려 볼 수 있지 않을까? 보고 있지만 벌써 모든 게 그리워지고 있었다. 평소에는 지나쳐 가기만 한 기념품 가게에 들러서 가족에게 줄 기념품도 샀다. 당연했던 것이 당연해지지 않을 거라고 느끼는 그 찰나에서 일상의 모든 순간들이 아름답고 소중해지는 나를 마주하게 되었다.

지하철로 가는 길, 봄을 알리는 정원, 트레인 안에서 창밖을 바라보며 듣는 노래, 이렇게 모든 순간이 더 소중할 수 없었다. 긴 여행의 끝, 처음에는 끝이 보이지 않아 불안하기만 했는데 지금은 정이 들어 떠나가기 싫었다. 9개월 전만 해도 비행기도 타 본 적 없는 세상이 두렵기만 한 나였는데 그동안 참 많은 일이 일어났고, 스스로 대견스럽게도 잘 해냈다. 고민하고 나를 돌아보며 진정성 있게 살려 했다. 그 과정을 통해서 많은 것을 느끼고 배웠다. 영어뿐만이 아니라 혼자가 됨을 더 이상 두려워하지 않는다는 것, 생각한 것을 도전할 수 있는 용기를 가지게 되었다는 것 또한 내가 얻은 큰 성과였다.

한국으로 돌아가는 비행기 안, 한국으로 돌아간다는 생각에 미소가 절로 지어지며 옆 좌석 사람에게 이렇게 외치고 싶었다. 나 이렇게 잘하고 왔어요!

18 현실과 바라는 이상

귀국하기 며칠 전, 부모님에게 전화를 걸었다. 이때까지는 혼자 가지고 있던 생각이었지만 이제는 말할 때가 되었다. "앞으로 1년 더 휴학을 하고, 호주에 워킹홀리데이로 떠나 배운 영어를 계속 쓰고 싶어요. 또한 토플을 공부해서 교환학생도 갈래요." 부모님이 크게 한숨을 쉬며 한국에 와서 이야기하자고 하였다. 왠지 어떤 말을 할지 뻔히 보이는 듯했다.

한국에 도착한 후 반갑게 부모님과 인사를 나누고 그날 저녁에 바로 내가 전화로 했던 얘기를 재차 말했다. 돌아온 대답은 "정신 차려라." 이제 한국에 왔으니 토익 보며 취업 준비를 하라고 했다. 나는 부모님에게 그다지 믿음직스러운 아들은 아니었다. 외국에서 헛바람 들어와서 하는 소리라고 생각하시는 게 어쩌면 당연했다.

하지만 이렇게 포기할 순 없었다. 나는 그냥 내가 어린마음에 하는 말이 아니라 너무 하고 싶다고, 이거 안 하면 안 될 것 같다고 죽을 듯이 매달리고 무릎 꿇고 빌었다. 또한 아빠를 설득하기 위해 내가 처음 영어공부를 시작했을 때의 나와, 내가 영어공부를 끝마칠 때의 나의 목소리를 녹음한 것을 들려 드렸다. 이것에 나의 진정성이 느껴진 것이었는지 잘 모르겠지만 그 후 아빠가 토플 공부와 워킹홀리데이를 허락해 주셨다.

그때로부터 3년 정도의 시간이 지나 아빠에게 다시 물어 본 적이 있었다. "그때 왜 허락해 주셨어요?" 아빠는 "네가 그렇게 하고 싶다는데, 훗날 얼마의 유산을 남기는 것보다 하고 싶은 공부를 하도록 하는 게 맞다 생각했으니까…" 참 아빠다운 대답이었다.

19 혼신

캐나다에서부터 아팠던 치아가 말썽을 부렸다. 꽤나 큰 치료를 받아야 했고 토플 수업을 들으러 서울에 올라가는 시간이 늦춰졌다. 치료가다 끝나고 생각보다 늦은 5월 중순, 강남의 적당한 고시원에 자리를 잡았다. 나에게 주어진 시간은 단 7주, 6월 말 시험을 목표로 공부를 시작했다. 치과치료 때문에 강의를 중간에서부터 듣게 되었고, 앞에 안 배웠던 것까지 따라가면서 공부하는 것은 쉽지 않았다. 무엇보다도 잘 해낼수 있을까란 의심에 스트레스를 많이 받았다.

주어진 이 기회를 놓쳐 버린다면 너무 후회할 것 같아서, 그리고 이것만 버티면 정말 꿈에 그리던 교환학생이 될 수 있다는 생각에 더 열심히하였다. 수업이 끝나면 점심시간이었는데, 값싸고 빠르게 먹을 수 있는밥버거를 주로 먹었다. 저녁에 배가 고파져 자리를 비우는 게 싫어서 점심에 1개만 먹어도 배가 부름에도 2개씩 욱여넣으며 공부했다.

고시원의 위치가 강남역 12번 출구 쪽이었는데 주말 즈음 되면 진정한 군중 속 고독을 느낄 수 있었다. 다들 신나게 주말을 즐기고 있는데 나는 공부하다가 혼자 쏘옥 고시원으로 돌아가는 모양이라니. 고독도 이런 고독이 없었다. 가끔 서울에 볼일이 있어 강남에 가게 되면 괜히 옛날 생각이 나서 싱긋 웃곤 한다. '그땐 그랬지…'

오월이지나 유월이 되었다. 공부하다가 어려워서, 잘 안 돼서 스트레스로 머리카락이 한 움큼 뽑히기도 했지만 그래도 계속되었다. 혼신을 다했던 한 달 반이 지나고 6월 29일 첫 시험을 치르게 됐다. 모의시험도 한 번도 쳐 보지 않았기에 점수가 얼마나 나올지 예상조차 되지 않았다.

첫 시험을 치고 나서 서울생활을 정리하고 거제로 내려왔다. 다음 시험이 예정되어 있었지만 부디 첫 시험에서 원하는 점수가 나와서 다시 치지 않길 바라고 바랐다. 성적이 나오기로 되어 있던 날 새벽, 잠을 이루지 못하고 성적이 뜨기를 기다렸다. 그리고 끝내 점수를 확인할 수 있었다. 결과는 90점. 너무 기뻐서 소리를 지를 뻔했다. 80점만 나와도 기뻤을 건데 90점이라니! 새벽만 아니었으면 소리를 지르며 방방 뛰었을 게 분명하다. 정말 혼신을 다하면 되는구나. 이제 꿈에 그리던 교환학생이 될 수 있는 거구나.

어떤 사람들에게는 교환학생이 되는 건 별로 어려운 게 아닐지도 모른지만 나는 불과 10개월 전에 공항에서 한마디도 못해서 누군가의 도움을 받아야 했다. 그러기에 이 토플 점수는 너무나도 값진 보상이었다. 꿈에 그리던 교환학생이 될 수 있다는 것과 내가 공부한 지난 10개월이 분명 의미가 있었다는 게 증명되었다. 시끄러웠는지 아빠가 잠에서 깨 방에서 나왔고 점수를 보여 드렸다. 아빠 눈에도 좋아하는 게 역력히 보

여 더 기뻤다. 다음 날 일어나서 본 식탁 위의 쪽지는 날 감동시키기에
충분했다.

  욱이 깨우지 마. 어제 새벽 3시나 되어서 잠들었을 거야.
  토플 90점 맞았대. 잘 나왔지.

  영어공부를 시작하고 처음으로 부모님께 수치화된 점수를 보여 드리
는 것이었고, 그동안의 보이지 않았을 노력이 충분히 증명되어 좋았다.
그래, 이만하면 잘했다.

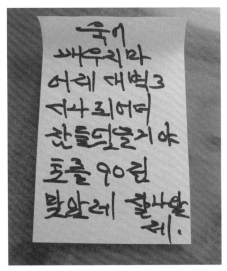

아무도 없던 식탁에서 본 아빠의 메모.
기쁘면서도 가슴 한편이 뭉클해졌다.

20 Summerpd

무라카미 하루키의 책 《1Q84》에서 주인공인 덴고와 아오마메는 실제로 서로 마주하지 않았지만 서로의 존재를 알고 찾아 헤맨다. 마치 그들처럼 평소 딱히 연락을 하지 않아도 존재만으로 힘이 되는 친구가 있다. 나는 이런 친구를 토플을 공부하던 한 달 반 기간에 만났다. 유월이 되며 시작한 스터디에서 만나 이야기한 기간이 한 달 채 되지 않는다. 또한 그 시간에서 4년이라는 시간이 지났고, 그 사이에 내가 이 친구를 본 건 불과 두 번밖에 되지 않는다. 그럼에도 내 인생에 많은 영향을 주었다.

가장 인상 깊었던 것은 자신이 뭘 하고 싶은지 어떤 꿈이 있는지 당당히 말하는 그 모습이었다. PD가 되고 싶다고 했다. 그래서 그의 아이디는 자신의 영어 이름을 딴 Summer와 PD가 합쳐져서 Summerpd이다. 지금은 어떻게 됐냐고? 예전의 멋진 모습 그대로 생각하고 꿈꾸고 행하고 있다. 그녀만의 가치관이 담긴 글을 읽을 때면 가슴이 두근거리며 다시 한번 잘 살아 보고 싶다고 다짐하게 된다.

토플을 공부하던 때 자신의 블로그에 대해서 이야기를 한 적이 있었는데, 닮고 싶어서인지 힘이 되길 바랐던 것인지 그때부터 나도 블로그에 기록하기 시작했다. 이게 꽤 긴 시간 동안 이어져서 큰 재산이 되었다. 힘들 때면 블로그에 풀고 잊지 않도록 기록한 것이 어느새 500개가 넘게 되었고 필요할 때마다 꺼내 보고 있다.

항상 혼자서 해 나가면서 내가 과연 할 수 있을까? 불확실함에 걱정을 많이 하곤 했는데, 밝게 웃으며 넌 정말 잘할 거라며 믿음을 주었다. 그때 불안한 나에게 해 준 그 믿음의 말이 얼마나 큰 힘이 되었는지 모른다.

이미 호주에서 워킹홀리데이를 했던 친구는 비자 발급도 도와주고 자기의 얘기도 해 주었다. 그리고 스타벅스 시티 텀블러를 모은다며 그 당시에 사오지 못한 시드니 텀블러를 부탁하였는데 관심 없던 텀블러였지만 호주에서 친구 것을 사며 내 것도 사기 시작했다. 그때부터 외국에 나갈 때마다 습관처럼 근처 스타벅스가 어디 있는지 찾아보고 들러 사 모으게 됐다. 그렇게 모은 텀블러가 벌써 20개가 넘는다. 바쁜 일상 속에 한동안 잊고 살다가도 책상 옆 텀블러를 보면 문득 그 친구 생각이 난다.

이렇듯 적지 않은 부분에서 나에게 많은 영향을 미쳤다. 그 친구가 나에게 영향을 주려고 이리저리 조언한 게 아니라 내가 그 모습을 닮고 싶었다.

너무 늦기 전에 나에게 책이자 멘토였던 그 친구를 다시 만나고 싶다.

21 7만 원의 가치

토플과 동시에 호주 워킹홀리데이를 준비하였고 첫 토플시험 직전에 비자를 받을 수 있었다. 무슨 자신감이었는지 잘 모르겠지만 두 번의 시험 안에 점수가 나올 거라 믿고 7월 중순 출발로 비행기 표도 구매했다. 하지만 내 욕심으로 워킹홀리데이까지 준비하며 부모님께 많은 부담과 스트레스를 드리게 되었다. 모든 준비가 끝나갈 때 즈음 호스텔 예약을 해야 했지만 조금의 부담이라도 더 드릴 수 없는 상황이 되었다. 어떻게 든 내 힘으로 이틀 정도의 숙소를 예약해야 했지만 당장 수중에 7만 원이 없어 이러지도 저러지도 못했다. 내 스스로 7만 원조차 처리하지 못한다는 무력감에 울 것처럼 마음이 안 좋았다. 출국을 코앞에 두고 당장 나가서 돈을 벌 수 있는 것도 아니라서 풀리지 않는 고민만 계속되었다.

울적한 마음에 친구들에게 내 상황을 푸념하게 되었는데 고맙게도 친구들이 선뜻 돈을 부쳐 주겠다고 나서 주었다. 친구들도 돈이 넉넉하지는 않을 텐데, 앞으로 한국에 다시 오기까지 한참이 걸릴지도 모르는데 이렇게 도와준다고 나서 주니 눈물이 날 만큼 고마웠다.

평소에 돈이 있었을 때는 몰랐던, 그저 몇 만 원이라고 치부했던 돈의 가치와 소중함을 느끼게 됨과 동시에 부모님이 여태껏 나에게 해 주신 것이 당연한 게 아니라 정말 큰 희생이었음을 다시 한번 상기하게 되는 계기가 되었다. 내가 누리는 모든 것은 부모님의 희생에 대한 대가이다. 악착같이 열심히 살고 더 크게 보답하겠다고 다짐했다.

22 맨몸으로 살아남기

호주에 도착하자마자 황당한 상황을 겪게 되었다. 비행기에서 내려 당연하게 수하물을 기다리고 있었다. 하지만 십 분이 지나고 삼십 분이 지나도 내 캐리어는 보이지 않았고 결국 모든 사람이 다 떠날 때까지 찾지 못했다. 공항에 문의하니 돌아오는 대답이라고는 분실 리포트를 적고 가면 찾으면 연락 주겠다는 것이었다. 문제는 호주에 오면 쓰려고 환전해 둔 전 재산이 캐리어 안에 있었으며, 모든 옷, 필요 물품들이 있었다. 내가 가진 거라고는 돈 100불과 책 몇 권, 오래된 노트북이 전부였다. 공항 직원이 찾을 확률이 절대적으로 높다고 하였지만, 내 머릿속에서는 '만약?'이라는 단어가 떠나지 않았다. 만약 정말 사라졌다면 나는 어떻게 해야 하는가? 그러니까 나는 이 낯선 나라에 맨몸으로 온 것이었다. 그런 패닉상태에서, 우선 구글맵을 사용해서 한국에서 미리 예약해 두었던 호스텔에 찾아가고자 마음먹었고, 폰을 개통한 후에 공항을 떠나 시티로 향했다.

호스텔에 도착한 후 고민을 시작했다. 부모님이 걱정하실지도 모르고 조금의 금전적인 부담이라도 더 드리고 싶지 않았기에 혼자서 어떻게든 살아남아 보기로 결심했다. 나에게는 당장 돈이 필요했다. 만약 캐리어를 찾지 못할 것을 감안해서 당장 돈을 벌어야만 했다. 무작정 밖으로 나가서 돌아다녀 보았다. 배가 고파서 뭔가를 먹고 싶었지만 아무 데도 아는 곳이 없었고, 그저 맥도날드에서 햄버거만 사먹었다. 어느새 남은 돈은 약 40불.

하염없이 길을 걷다가 정말 우연히도 한국 식당에서 직원 구한다는 종이가 붙어 있었고, 나는 무작정 들어가서 일을 하고 싶다고 하였다. 호주에 온 지 얼마나 됐냐는 질문에 오늘 도착했다는 대답이 뭔가 웃기고도 슬프게 느껴졌다. 매니저는 이력서도 없이 온 나를 달갑게 맞진 않았지만 일단 트라이얼은 시켜 본다고 저녁 늦게 다시 오라고 하였다.

그리고 숙소에 돌아가려고 했는데, 여기서 또 다시 문제가 생겼다. 폰

배터리가 나가는 바람에 어떻게 숙소에 돌아가야 할지 몰랐다. 꽤나 추운 시드니의 밤에 시티를 계속 돌고 돌았다. 정말 눈물 날 것 같았다. 기댈 곳 하나 없이 하루 동안에 너무 많은 일을 겪어 정신적으로도 육체적으로도 힘들었다. 한두 시간쯤 걸었을까, 정말 반갑게도 내가 예약한 호스텔이 눈에 보였다. 모든 것이 두렵고 무서웠고 사람이 이렇게 비참해질 수도 있구나 싶었다. 그리고 얼마간 쉬고 다시 일하기로 했던 그 레스토랑에 찾아가려고 했는데, 이상하게도 보이질 않았다. 첫날에 오자마자 무턱대고 들어갔던 곳이라 길에 있는 모든 레스토랑이 비슷하게 생겨 보였다. 정말 절망적인 마음이었는데, 결국에는 찾지 못하고 집에 돌아가야만 했다. 내가 생각한 것보다 현실은 더 힘들었고 난 충분히 현명하지 못했다.

그렇게 지옥 같던 시드니에서의 첫 하루가 지나갔다.

23 밑바닥이라는 것

가난한 것을 넘어서 아무것도 없다는 건 참 서러웠다. 아침에 일어나 씻을 도구도 없어서 호스텔 방 안 남의 침대에 널브러진 샴푸를 짜서 몰래 머리에 바르고 씻으러 갔다. 더 슬픈 건 씻고 나서 닦을 수건도 없어서 물을 뚝뚝 떨어뜨리며 나와야 했다. 갈아입을 옷도 속옷도 없었다. 살면서 돈이 없는 걸 넘어 그야말로 아무것도 없는 건 처음이었다. 손에 있는 돈이라고는 겨우 20불. 비누를 사는 것조차 사치같이 느껴졌다.

"아아 서프라이즈~" 하면서 모든 게 돌아오길 바랐다.

또 다시 일을 구하러 나가야 했다. 아니 당장 일을 해야만 했다. 살면서 이렇게 절박한 적은 없었다. 허드렛일이든 뭐든 생각할 필요가 없었다. 그냥 살아야겠다는 생각뿐이었다. 절실함이 통했는지 어느 한식당에 들러 인터뷰를 보고 곧 바로 일을 시작할 수 있었다. 식당일은 내가 생각하던 서빙보다 훨씬 더 힘들고 지쳤다. 한국에서 서빙은 알바라는 개념이 더 크지만 여기는 전문적인 느낌이었으며 막상 부딪쳐 보니 돈 벌기란 정말 쉽지 않았다. 그래도 적어도 굶어죽지는 않겠단 생각에 조금이나마 마음이 놓였다. 모든 걸 잃고 나서야 이때까지 내가 누릴 수 있었던 게 결코 당연한 것이 아니란 생각이 들었다.

의식주 중에 의는 포기했고 식사는 일하는 식당에서 가능했고 잘 곳만 있으면 그래도 살아갈 수는 있었다. 하지만 예약한 숙소는 이틀이었고 당장 가진 돈은 없었다. 다행히 호주 내 한국인 커뮤니티 사이트에서 찾은 셰어 룸에서 후불로 사는 걸 허락해 주어 길거리 부랑자 신세는 면할 수 있었다.

디딜 곳 하나 없는 밑바닥에서 살아갈 준비를 마쳤다.

24 간사함이 준 깨달음

공항에서 캐리어를 찾았다며 적어 놓은 주소로 가져다주었다. 열어 보니 돈, 옷 등 모든 게 출발할 때 그대로 있었다. 이제 갈아입을 속옷과 옷, 씻을 수 있는 샴푸 등이 생겨서 줍거나 훔쳐 쓰지 않아도 됐다. 결국 이 모든 것은 단순한 해프닝으로 끝난 것이었다.

지난 이틀을 뒤돌아보았다. 극한의 상황에서 살아 보고자 내 마음은 절실했고 잃어버린 모든 것들이 소중했다는 것을 느꼈다. 재벌 2세가 호화롭게 잘살다가 지독한 가난으로 밀려나 누려 왔던 모든 것이 얼마나 소중한 것인지를 깨닫는다는 스토리의 드라마처럼 내 삶의 시야가 완전히 달라졌었다. 모든 것을 잃고 밑바닥을 보며, 악착같이 살려고 발버둥 쳤다.

캐리어를 받고 나자 또 다시 마음이 달라졌다. 원래는 호주에 도착해서 여유를 가지고 주변을 구경하고 오지잡(Aussie job)과 같은 좋은 조건의 일을 하고 싶었지만 급하게 시작한 현재 식당일은 보수도 낮고 힘들었다. 그렇기에 지금 하는 있는 일이 보잘것없어 보이고 돈이 돌아온 마당에 이 힘든 일을 계속할 필요가 있을까라는 생각이 들었다. 사람 마음이 참 간사한 것이, 다시 옷과 돈이 생기자 며칠간 느끼던 삶의 절실함을 잊게 된 것이었다.

뒤통수를 세게 맞은 것처럼 충격이었고 스스로 이런 생각을 하고 있음에 놀랐다. 나는 너무나 간사하고 비겁했다. 만약 내가 돈이 없었더라면, 부모님의 도움이 없었더라면, 절실하게 살아 볼 생각도 하지 않았을까. 그렇다면 이건 너무 부끄러운 일이지 않을까. 여러 생각이 겹쳐 왔다. 이 마음을 눈치 챈 이상 이렇게 살고 싶지 않았다. 내가 가진 게 있더라도 절실하게 살아 보고 싶었다. 그리고 나중에 말하고 싶었다. 이때의 절실한 마음이면 안 될 건 없다고. 그래도 뭔가 해낼 수 있을 거라고. 있는 돈을 캐리어에 도로 집어넣고 잊기로 했다. 똑같이, 아니 더욱 절실하게 살아 보기로 했다.

25 존재의 이유

현재에 찌들다 보면 일상의 아름다움을 잊게 된다. 그 일상에 항상 우리를 행복하게 만들어 줄 무언가가 있다고 해도 말이다. 더 많은 돈을 벌기 위해 아침에는 맨리 비치(Manly Beach)에 있는 호텔에서 일을 했다. 새벽같이 일어나 페리를 타고 호텔로 향했고 전혀 익숙하지 않은 일을 했다. 하루 종일 일만 하다 보니 워킹홀리데이가 아니라 워킹데이를 하는 느낌이었다.

손에 익지 않은 일을 겨우 끝내고 축 처진 마음으로 시드니 시티로 돌아가는 페리를 탔다. 시원한 바람이라도 쐬고 싶어서 밖에 앉아 있었다. 시티에 가까워지니 때마침 노을이 지며 하늘이 붉게 물들어 갔다. 붉게 물들어 가는 오페라하우스를 본 순간 사진이 찍고 싶어졌다. 카메라를 꺼내 이렇게 저렇게 찍어 보고 계속해서 바라보았다. 그러면서 갑자기 주의가 환기되며 행복하게 사진 찍고 있는 사람들이 보이기 시작했다. 모두 행복해 보였다. 나 역시도 그 모두에게 동화되며 행복의 색깔로 물들어 갔다.

그제야 나의 존재의 이유를 알게 되었다. 나는 이런 것을 보고 느끼고 싶어서 여기에 있는 것이었다. 새로운 것을 보는, 경험해 보지 못한 것을 하는 설렘, 두근거림. 삶이 여행이 되어야 하는 곳이 바로 내가 있는 이곳 시드니였다. 호주에서 일을 하고 있지만 그와 동시에 여행자인 것이다. 내 목표만 생각한 나머지 일상의 즐거움을 미처 느끼지 못했다. 너무 목표만을 바라보지 말고 지금 행복해지자고 다짐했다.

익숙하면 무뎌진다. 하지만 상황이 달라지지 않더라도 마음이 충분하다면 더 행복해질 수 있지 않을까 생각한다. 매일 보고 걷는 길이지만 오늘따라 더 예쁘게 느껴질 수도 있고 유독 하늘이 더 맑아 보여 나도 모르게 사진을 찍을지도 모른다. 바쁘고 쉽지만은 않은 삶이지만 사소한 행복을 받아들일 공간은 남겨 두면 좋을 것 같다. 그게 우리 존재의 이유니까.

힘들게 일한 뒤 돌아오는 페리에서 마주한
눈부신 석양과 조화를 이룬 오페라하우스.
주위의 관광객들과 동화되며
내가 왜 여기에 있는지를 느끼게 해 주었다.

26 등가교환의 법칙

세상에 공짜는 없었다. 아침에 호텔일 대신에 레스토랑에서 세팅과 서빙을 시작했다. 그렇게 아침 9시부터 오후 2시까지 첫 번째 식당에서 일하고, 오후 4시부터 밤 11시까지는 두 번째 식당에서 일하게 되었다. 흔히 생각하는 서빙과 달리 각 레스토랑의 점심, 저녁 시산은 전쟁터 같이 느껴졌다. 주문을 적을 시간도 없어서 머리로 다 기억해야 하고 동시에 처내야 할 일이 산더미처럼 쌓였다.

일을 하며 가장 힘들었던 것은 바로 시간으로 돈을 산다는 느낌이었다. 아침에 일어나 씻고 바로 출근을 하고 집에 돌아오면 밤 12시. 과연 내가 외국에 있는 게 맞을까라고 생각 될 정도로 여유가 없었다. 매일 하루가 너무나 똑같아 아무런 구분 점 없는 하루를 보내고 잠드는 게 삶일까? 문제는 이게 몇 달간 지속되어야 한다는 것이었다. 휴일 없이 시간으로 돈을 사는 시간들이 지속되었다. 그래 난 돈이 없으니 시간으로라도 돈을 사야지. 하지만 자꾸 돈 앞에 인생이 지워지는 것 같아서 마음이 좋지 않았다.

내 워킹홀리데이는 상상했던 것과 다르게 너무나 힘들었다. 이런 고통을 예상했다면 과연 오겠다고 했을까. 감히 이 고통을 견뎌 낼 자신이 있었을까. 기댈 곳 없는 외국에서 너무나 고통스러운 담금질하고 있는 나였다.

만 불을 모으고 싶었다. 여행을 가고 싶었고 부모님에게도 돌려 드리고 싶었다. 내가 하고 싶은 모든 것에는 돈이라는 게 빠지지 않았다. 절실하게 돈이 필요했다. 제대로 된 휴식 없이 계속 일하다 보니 침대에서 일어나 발을 디디면 발에 통증이 오기 시작했다. 체력은 자꾸 떨어져서 시간상으로는 잠을 충분히 자도 피곤이 가시질 않았다.

일을 그만두고 푹 자거나 놀 수 있다면 얼마나 좋을까 백 번 천 번도 생각해 보았지만 돈을 모으기 위해서는 생각으로만 끝내야만 했다. 너무나도 일이 싫었기 때문에 가장 단순한 결론을 냈다. 그러면 최대한 빨리 돈을 모으면 된다. 그러면 이 지긋지긋한 하루에서 벗어날 수 있을 테니까.

그렇게 돈 모으는 귀신이 됐다. 돈을 써 버리면 쓴 만큼 일을 더 해야 하니까 자린고비처럼 소비를 하지 않았다. 끼니는 밖에서 사먹지 않고 일하는 식당에서 해결했다. 옷 같은 것도 사지 않았다. 어딜 굳이 가지도 않았다. 심지어 하나밖에 없는 신발은 밑창이 뜯어지며 걸레짝이 되었지만 그마저도 본드를 붙여 가며 신었다. 고정적인 지출은 3개의 침실이 있는 아파트에 12명이 살던, 닭장이라 불리던 곳에 낸 숙소비가 다였다. 그 외에는 돈을 받으면 그대로 은행에 넣을 뿐이었다.

그렇게 인내라는 이름으로 하루하루 묵묵하게 버텨 나갔고 '복사+붙여넣기' 같던 석 달 반이 지났다. 잃어버린 시간의 대가로 드디어 통장에 만 불이 찍혔고, 나의 인생 최고로 처절하게 산 순간이 끝이 났다. 그리고 바로 두 식당 모두 일을 그만두었다.

지독하게 힘든 시간이었고 미련하게 아파했던 시간이었다. 내가 만약 호주에 도착했을 때 캐리어를 잃어버리지 않았으면 이렇게 악착같이 살 수 있었을까. 모든 걸 잃어 아무것도 남아 있지 않았기 때문에 살아남아 보려고 일을 하게 되었다. 그리고 캐리어를 찾고 나서는 내 마음에 부끄럽지 않기 위해 있는 힘껏 절실하게 살아 보았다. 굳이 스스로 힘듦을 자초했던 건 아마 이 말을 하고 싶어서였을 것이다. 상황이 어려워도 죽을힘을 다 한다면 해낼 수도 있다는.

호주에 올 때 산 새 신발이
석 달 반 만에 걸레짝이 되어 버렸다.
너무나 만 불을 빨리 모으고 싶었기에
신발조차도 사기 싫어 본드로 붙이고 신었다.

28 그래도 내가 필요했다는 말

익숙하지 않은 일에는 매우 어설퍼서 혼나기도 했고 은근한 무시를 당하기도 했다. 그래도 내가 다른 사람보다 잘할 수 있는 건 활짝 웃는 것과 성실하다는 것이었다. 정말 많이 뛰어다니고 항상 환하게 웃으며 손님들을 대했다. 몇 달이 지나자 나를 찾는 손님들이 늘었고 몇몇의 레스토랑 매니저들이 같이 일해 볼 생각 없다며 제안도 했다.

전혀 갈 생각이 없었던 것이 내가 일했던 양산박이라는 레스토랑이 너무나 좋았다. 일은 힘겨웠지만 사장님이 너무 좋았다. 서빙을 하면서 손님들과의 교감도 중요하게 생각했기에 많은 외국인들과 대화를 나눌 기회를 주었고 또한 가족처럼 대해 주시며 간식도 많이 내주었다. 하루 일이 끝나고 밥을 먹을 때 냉장고에서 술이든 음료든 마음껏 마시게 해 주고 매달 마지막 일요일에는 전체 회식도 하였다. 이 사장님에게는 배우고 싶은 것이 많았고, 우연히 이곳에서 일하게 된 것은 정말 행운이라는 생각이 들었다.

일을 그만둘 때쯤, 모든 직원들과 함께 밥을 먹고 있는데 사장님이 그랬다. 손님들에게 이 직원 때문에 이 레스토랑에 온다는 말을 들은 건 내가 처음이었다고. 어떻게 보자면 평범한 서빙 일이었지만 너무나 부족했던 내가 인정받으니 너무 감사하고 또 행복했다.

과정은 힘들었고 돈과 시간을 바꾼다고만 생각했지만 그것만 있던 게 아니었다. 내가 필요한 사람이었다는 것. 그 한마디가 진심으로 뭉클했고 미소 짓게 만들었다.

29 번아웃

만 불을 모으고 나서 무엇을 할 건지에 대해서는 처음에 일을 시작하고 그만두기까지 수없이 고민했다. 처음에는 학원에 다녀 볼까도 생각도 해 보았고 멜버른(Melbourne)에 가서 여유롭게 살아 볼까란 생각도 해 보았다. 이런 계속되는 고민에도 불구하고 어떤 걸 생각해 보아도 '이거다!' 하면서 설레는 마음이 생기지 않았다.

오지잡도 마찬가지였다. 반드시 서빙일로 구하겠다고 마음먹었고, 어느 레스토랑에서 시작하게 되었는데 역시 재미를 찾지 못하고 그만두었다. 단순히 다른 일을 찾아보자고 생각했었지만 나는 이미 지쳐 있었다. 몇 달간 너무나 가혹하게 살아왔었기에 짧은 시간조차도 더 이상 일하고 싶지 않았던 것이다.

일을 그만두었기 때문에 충분히 여행이라든지 무언가를 할 시간이 있었지만 딱히 뭘 하지 않았다. 시드니에 도착하자마자 바로 일하게 되어서 많은 친구들을 사귀지 못했기 때문에 시간이 있어도 같이 무언가를 할 사람이 없었다. 혼자서 뭘 하고 싶지가 않았고, 혼자라는 외로움이 날 계속 힘들게 했다. 일을 그만둔 지 두 주가 넘어가자 지금 내가 허비하고 있는 시간이 너무나 아깝다는 생각이 들었다. 그냥 내 삶이 제자리에 머무르고 있는 느낌이었다.

이러한 이유들 때문에 예정보다 한 달 하고도 반 정도 빠르게 귀국을 결심하였고, 얼마간 여행하고 한국에 돌아오며 나의 넉 달 반의 워킹홀리데이가 끝나게 되었다. 워킹홀리데이를 재밌게 다녀왔냐고 묻는다면 당연 아니라고 대답할 것이다. 하지만 워킹홀리데이를 어떻게 보냈냐고 묻는다면 이렇게 말할 것이다. 처절하게 인생을 배우고, 많이 성장하고 돌아왔다고.

30 Heavy Christmas

도서관의 불은 크리스마스에도 꺼지지 않았다. 누구나 분명 한껏 기분을 내고 싶은 날이지만 그럼에도 열심히 자신의 목표를 향해 묵묵히 나아가는 사람들이 있었다. 나 역시 크리스마스에도 휴일에도 열람실에 있는 사람들 중에 하나였다.

하지만 진정성 있는 노력과 배움에 대한 의지로 도서관에 있던 게 아니었다. 쉬고 싶은 날에도 어떻게, 무엇을 해야 하는지 몰랐다. 아무것도 하고 싶은 게 없었고, 딱히 만날 사람도 없었다. 무작정 아무것도 안 하고 가만히 있는 게 싫어서 가방을 메고 학교 도서관에 가서 공부하는 시늉을 했다. 가슴이 먹먹했다. 어쩌다가 내 삶은 이렇게 되어 버렸을까. 열심히 산다고 살았는데 결국 돌고 돌아 스무 살 그때로 돌아간 듯했다.

계절학기를 듣는 동안 고민은 깊어졌고, 우울함은 더욱 더해졌다. '노는 방법을 모르겠다는 것.' 우스울 수 있는 말이지만, 진심이었다. 아무리 생각해도 어떻게 놀아야 하는지 내가 뭘 좋아하는지 떠오르지 않았다.

무엇이 나를 행복하게 만들어 주는지 모른다는 것은 행복하지 않다는 증거일 것이다. 긴 생각 끝에 본질적으로 내가 왜 행복하지 않은지 그리고 나에게 무엇이 필요한지 알게 되었다. 그건 바로 호주에서부터 계속해서 나를 힘들게 하던 '사람'이었다. 나의 내면은 외로웠고 무언가를 나눌 사람이 필요했다.

요즘 '소확행'이리고 많이 말하지만 불완전한 사람에게는 그마저도 먼 이야기이다. 나를 위해 선물을 주거나 맛있는 거를 먹으며 소소하지만 확실한 행복을 좇는다고 하지만, 내 스스로가 불완전하다고 느끼면 그럴 마음도 생기지 않는다. 결국 행복도 노력이 필요했다.

31 부족한 걸 채우기

힘듦은 사람으로 시작했다. 얽히고설키며 생겨난 것이 아닌 부재로 인한 아픔. 지난 1년 반 동안은 항상 떠나는 사람이 되어야 해서 힘들었고 이제는 돌아옴에도 아무도 없다는 것이 힘들었다. 소속감이 있어야 보다 행복할 수 있을 것 같았다. 아니 소속감이 아니어도 되니까 그냥 같이 얘기하고 뭔가를 하며 존재하지만 존재함을 모르는 내 시간들을 조금 더 의미 있게 만들고 싶었다. 그게 바로 자존감이 될 거니까. 사람을 만나고 싶다는 게 연애를 하고 싶다 같은 게 아니었다. 그냥 사람들을 만나며 나를 보여 주고 조금 더 행복하고 싶었다.

뭐가 부족한지 알았으니 어떻게 채울 것인가에 대한 생각을 했다. 그리고 마음먹었던 것을 시작하였다. 영어 관련 스터디 그룹과 프로그램에 참여하며 가능한 많은 상황에 노출되어 보자는 것. 한 달 반 동안에 토익 스터디, 토스 스터디, 영어회화 스터디와 프로그램 또한 들으며 많은 것들을 하고 많은 사람들을 만났다.

공부하며, 얘기하며, 다양한 사람을 알아가며 매일을 보냈다. 조용했던 전화기는 시끄러워졌고 침묵 속에서 지내던 내가 활기를 갖게 되었다. 그렇게 지난 1년 반 동안 여러 곳을 홀로 다니며 쌓였던 외로움과, 소속감이 없다는 불안한 감정을 완전히 해소하였다. 쉬고 싶은 날에도 뭘 해야 할지 몰라서 책상 앞에만 있던, 행복할 수 없었던 불완전한 내가 그렇게도 행복해졌다. 사람은 참 엄청난 것이다. 그렇게 힘들었던 나를 그렇게 행복하게 만들어 주었으니까.

32 페이스메이커

　마라톤에서 함께 뛰어 주는 페이스메이커가 있다면 더 힘내서 뛸 수 있듯이 함께하는 사람이 있다는 건 정말 좋은 것이다. 1년 반 만에 학교로 돌아왔기 때문에 전공인 전기공학에 대한 지식을 많이 잊은 상태였고 부담이 되었다. 하지만 우연한 기회로 같은 과 친구 덕에 새로운 친구들을 사귀게 되었고, 듣는 수업도 거의 같아서 전공 스터디를 하게 되었다.

　6명의 친구들과 같이 수업을 들었고 밥을 먹을 때도 도서관에서도 하루 종일 함께였다. 전공이 꽤 힘들었지만 지칠 때 옆에서 함께 애쓰고 있는 친구들을 보며 다시 마음을 다잡았다. 밥 먹고 돌아오는 길에 아이스크림 하나 물고 시시콜콜한 얘기를 하는 게 그렇게 즐거울 수가 없었다. 주말도 없이 학업에 열중하며 절제된 삶을 살았다. 혼자였다면 분명 또다시 아파했을 게 뻔했지만 이번에는 뭔가 힘들지 않았다. 거의 도서관이 배경이었지만 친구들과 함께 만든 즐거운 기억이 너무나 많다.

　노력을 하면 할수록 그 과정에서의 행복은 멀어진다고 생각했었다. 하지만 그와 반대로 많이 웃었고 많이 행복했다. 사람이 삶을 만든다. 우리들은 가까이서 같은 길을 뛰어가며 서로에게 페이스메이커가 되어 주었다. 친구들 덕분에 흔들리지도, 아프지도 않고 공부할 수 있었고 결국 모든 걸 쏟은 한 학기가 해피엔딩으로 끝났다.

　뜨겁게 공부했고 무한히 즐거웠다. 몇 년이 지난 지금, 다들 각자의 노력에 대한 보상을 받으며 멋지게 살아가는 친구들이 문득 보고 싶다.

33 Dream came true

교환학생 합격 발표를 기다리고 있었다. 너무 간절하게 준비했었기에 합격권인 점수가 나와서 걱정할 필요 없다고는 했지만 혹시 떨어지면 어쩌나 싶었다. 정말 진정성 있게 무언가를 한 후에 시험대에 서는 건 항상 떨린다. 두근거리는 마음으로 열어 본 엑셀파일에는 내 이름이 있었다. 정말 내가 미국에 가는구나 싶은 생각에 소름이 끼쳤다. 다시금 미국의 강의실에서 공부하는 나, 캘리포니아의 좋은 날씨 속에 나무 그늘 아래서 노래를 들으며 흥얼거리는 나를 떠올렸다. 너무나 부족해서 여기까지 오는데 오랜 시간이 걸렸지만, 결국 해냈다.

지난 시간들이 머릿속을 스쳐 지나갔다. 영어를 못해서 공항에 잡혔던 나, 처음 하는 외국생활에 외로워하고 힘들어하던 나, 영어에 자신이 없어 소심하게 질문을 했는데 상대방이 못 알아들어서 좌절하던 나, 밥버거를 욱여넣으며 공부하던 나, 시험을 칠 때 너무 긴장해서 심장이 터질 것 같던 나, 점수를 본 어느 새벽, 좋아하던 아빠의 모습까지. 다시 돌아간다면 이렇게까지 할 수 있을까 싶을 정도로 애써왔던 시간이었다.

34 Español

이런 상상을 해 본 적이 있었다. 내가 만약 영어가 아닌 다른 외국어를 할 줄 알면 어떨까? 취업이고 뭐고 다 떠나서 멋있을 것 같았다. 이런 단순한 이유로 어느새부터인가 스페인어를 배우고 싶다는 생각이 들었다. 어이없을 정도로 단순한 이유이지만 또 명확한 이유였다.

　- 왜 하고 싶니?
　- 멋있을 거 같아서요.

　한 번쯤 이런 상상을 해 보면 좋은 건 정말 언젠가 할 수 있는 기회가 보인다는 것이다. 겨울에 영어회화 스터디를 할 때 스페인어 전공자가 한 명 있었다. 농담처럼 스페인어를 배우고 싶다고 하니까 "어차피 미국에 교환학생 갈 거면 바로 중남미로 내려가서 배우고 와도 되지 않아?"라고 했다. 오 마이 갓. 천재적인 아이디어였다. 하지만 부모님 결재를 받으려면 적당하면서도 그럴듯한 명분이 필요했다. 맞춤형으로 '중남미 스페인어 전망'과 같이 검색하여 인터넷에서 중남미에 대한 좋은 기사를 찾아냈다. 기사를 바탕으로 열변을 토하며 부모님의 허락을 받아냈다.
　처음 배워 보는 언어를 어떻게 공부해야 할지 감이 잡히지 않아 고민 끝에 용돈을 쪼개서 과외를 받았다. 책상을 책상이라 부르지 못하고 컵을 컵이라고 부르지 못했다. 이 세상 모든 걸 다시 이름 붙여야 한다고? 이거 생각보다 막막했다. 한 달 동안 과외를 받으며 스페인어의 느낌을 배운 다음에는 금전적인 이유로 혼자서 공부해 나갔다. 그렇게 어떤 확신을 가진 듯 열정적으로 뛰어들었다. 스페인어로 멋지게 식당에서 멋지게 주문하는 모습을 상상하니 그 사이의 고통쯤은 참아 볼 만할 거 같았다. 동기가 있다는 건 참 좋은 것이다. 설령 그게 차마 말하기 부끄러운 '멋있을 거 같아서'일지라도. 난 멋있어지고 싶었다.

35 떠나는 사람

미국으로 떠나기 전 여름, 오래 보고 싶은 사람이 생겼다. 전부터 알던 아이였지만 여름방학 때 우연히 만나게 되었고 그 후로 급속도로 가까워졌다. 통화도 오래 할 만큼 얘기도 잘 통했고 서로가 계속해서 만날 구실을 만들었다.

영화를 보고 밥도 먹고 알바도 같이하며 만나는 모든 순간이 좋았지만 내가 어떤 마음인지 보여 줄 수가 없었다. 곧 미국으로 떠난다는 사실을 애써 외면한 채 마치 이 순간이 계속 이어질 거라는 듯이 만나려고 했다.

떠나기 며칠 전, 그녀는 내가 애써 외면해 왔던 말을 꺼냈다. 우리는 무슨 관계일까. 당시 지독하게 현실적이었던 나는 지독한 답변밖에 할 수 없었다. 자연스레 내가 전하고 싶었던 말, 그녀가 그토록 듣고 싶었던 말은 해 주지 못했다.

서로 좋아하지만 이어 갈 수 없다는 것에 마음이 아팠다. 한국에서조차도 나는 다시 떠나는 사람이 되었다. 그렇게 피지 못한 채 시들어 사라졌다.

그때의 나는 비겁했던 걸까? 한 번 용기 내어 현실이 아니라 정말 하고 싶었던 말을 했다면 우린 어떻게 되었을까? 시작도, 끝도 보지 못했던 이야기이기에 종종 생각이 난다. 결국 모든 건 타이밍이다. 더 이상 떠나는 사람이 되기 싫었다.

36 캘리포니아로

9월 중순 미국으로의 출국일이 다가왔다. 이번에 떠나면 1년 정도는 돌아오지 않을 생각이었기에 혹시나 깜빡하고 놓치는 물건이 있을세라 짐을 새벽까지 싸고 또 쌌다. 부모님이 새벽까지 옷을 정리해 주고 부랴부랴 세탁을 해서 넣었다. 이른 아침, 이제는 꽤나 익숙하게 부모님에게 잘 다녀오겠단 인사를 하고 홀로 공항으로 향했다.

꿈같은 발걸음이었다. 누군가는 겨우 두 달의 시간 혹은 곧 바로 교환학생이 될 수 있었겠지만 나는 2년을 돌아서 여기까지 왔다. 영어를 한마디도 못해 공항에서 곤욕을 치를 뻔했던 그때와 밥버거를 욱여넣으며 공부하던 서울 고시원 생활이 떠올랐다. 나는 많이 느렸다. 하지만 우리 사회 보편적으로 규정된 때에 맞는 일이 아니라 지금이 아니면 할 수 없는 일을 생각했다. 지금이 아니면 절대 할 수 없는 것. 그래서 해 보기로 마음먹은 교환학생, 워킹홀리데이였다. 이런 내 생각이 나를 어디로 이끌지는 몰랐다. 하지만 이보다 더 주도적으로 살아 본 적이 없었기에 내 삶을 산다는 생각에 행복했다.

새로운 스테이지가 보였다. 하고 싶은 걸 상상으로만 끝내지 않고 실제로 행동하는 건 쉽지 않았고, 이번에도 그럴 거라는 생각이 들었다. 그래도 아직까지 경험하지 못한 미지의 세상은 언제나 날 설레게 했다.

LA공항에 도착해서 느낀 캘리포니아의 날씨는 상상했던 대로 완벽했다.

37 교환학생도 학생이다

교환학생이 되면 어떨지 상상해 본 적이 있었다. 시간이 날 때마다 잔디밭에 누워 여유를 즐기는 여유로운 학교생활, 자유롭고 참여가 가득한 강의실, 주말에는 근교를 여행하며 삶이 여행이 되는 일상 등 좋은 일만 가득 할 것 같았다.

하지만 미국에 와서 마주한 현실은 다소 달랐다. 본격적으로 수업이 시작되면서 공부와 이상 사이에서 어려움을 겪었다. 문화적인 것을 많이 누리고 싶었지만 해야 하는 공부가 있었고, 공부를 시작하는 이상 '적당히'가 쉽지 않았다. 마음에 여유가 없고 마냥 즐겁지 않았다. 이놈의 병적인 의무감이 문제였다.

혼자 갈팡질팡하다가 교환학생을 다녀온 친구에게 내 고민을 늘어놓았다. 그러자 친구가 한마디했다. "교환학생도 학생이다. 스트레스 받는 게 당연한 거다."

생각해 보니 맞는 말이었다. 교환이라는 두 글자가 붙었지만 여전히 나는 학생이었다. 이전의 나는 한국에서처럼 학업에 몰두하며 스트레스 받는 게 이상한 것이며 내가 잘못하고 있는 게 아닌가 하고 생각하고 있었다. 하지만 친구의 저 말을 듣자 정신이 들었다. 난 미국에 놀러온 게 아니었다. 난 공부하는 학생이었고 시간을 헛되이 쓰고 싶지 않았다. 그래서 공부하기로 마음먹었다. 얼마나 힘들고 아플지 모르겠지만 그래도 해 보기로 했다.

38 도서관 요정

교환학생을 떠올리면 가장 먼저 생각나는 곳, 바로 도서관이다. 아마 전공 공부만 했으면 이 정도까지는 아니었을 거라고 생각한다. 하지만 미국생활이 끝난 다음에 바로 멕시코로 가기로 마음먹었고 전공 공부와 함께 스페인어도 병행해야 했다. 미국에서도 계속 공부를 해야지 멕시코에서 빠르게 배울 수 있을 걸 알아서 안일하게 놓고 있을 수 없었다. '적당히'를 모르는 멍청이였다.

외면하지 않은 죄로 하루 종일 도서관에 있어야 했다. 아침에 도서관을 가고 전공 공부와 과제를 하고 그 공부가 끝나면 스페인어 책을 다시 펴서 공부했다. 전공만 공부했다면 꽤 여유가 있었겠지만 스페인어는 해야 할 게 무궁무진했으므로 끝없이 공부했다.

교환학생으로 온 대학교에는 한국인 교환학생이 몇 명 더 있었는데 공부를 하고 남는 시간에 여유를 가지며 즐기는 것이 너무나 부러웠다. 비교가 시작되자 불행도 시작되었다. 너무 놔 버리고 싶은 순간이 많았고 도서관에서 공부를 하다가 스트레스에 눈물이 나오기도 했다. 전공에 대한 부담도 심해서 매주 퀴즈를 칠 때마다 제발 잘 나오길 빌고 빌었다.

그렇게 스스로 채찍질을 시작하니 대인관계도 자신이 없어졌다. 옆방에 사는 친구들이 내가 먼저 다가가지 않았는데도 아주 많이 나에게 먼저 다가와 주었는데, 나는 그 호의를 받아 줄 자신도 마음의 여유도 없었다.

사람을 피하다시피 빠르게 밥을 먹고 다시 공부하러 가기 일쑤였다. 다른 친구들이 밥 먹으러 갈 때 같이 가자고 하였지만, 내 머릿속에는 온통 빨리 공부를 해야 한다는 생각에 홀로 지냈다. 수업시간 때에는 항상 한 번도 빠짐없이 맨 앞에 앉았다. 그래서 지금까지도 강의실 뒤에 누가 어떻게 있었는지 기억나질 않는다.

하루 종일 있었던 도서관.
맑은 날씨를 보면 기분이 좋아지다가도
창살 없는 감옥에 있는 듯해서 마음이 울렁거렸다.

그런 부담감 속에 미드텀이 지나고, 처음에 흐리게만 보였던 성적이 이제는 어렴풋이 알 수 있을 듯했다. 조금만 더 잘하면 모두 A를 받을 정도였고, 다시 욕심이 더 생겼다. 다 A+을 받아서 4.5를 받아 보고 싶기도 했고, 아니더라도 장학금을 받을 수 있는 좋은 기회인 듯했다. 머리로는 너무 욕심 부리지 말고 적당히 하면서 스트레스 받지 말자고 하였지만, 실제로는 그 욕심을 채우기 위해 끔찍이도 열심히 하고 있는 멍청이였다.

39 생일, 고마운 사람

이상하게도 생일에 좋은 기억이 별로 없다. 그러다 보니 생일은 특별해야만 할 거 같아서 오히려 평범하게 보내는 내 하루가 뭔가 서글프게 되는 껄끄러운 날이 되었다. 미국에서도 마찬가지였다. 여태까지 딱히 챙겨 본 적이 없었기에 이번 생일에도 조용히 보내려고 누구에게도 알리지 않았다. 특별한 날이지만 아무 일도 없다는 듯이 조용하게 공부하고 하루를 마무리했다.

기숙사로 돌아온 저녁에 교환학생을 같이 온 동생인 소피아에게서 맥주 한잔 하자며 연락이 왔다. 동생이 사는 기숙사로 가서 맥주와 간단한 음식을 먹으며 여러 얘기를 나눴다. 그때 나눈 대화도 참 좋았고 무엇보다 특별할 거 같지만 평범하고도 평범했던 생일에서 뭔가 위로 받는 기분이 들었다.

아직도 그 동생이 내 생일을 알아서 무심한 듯 챙겨 준 것인지 아니면 정말 우연의 일치였는지 모른다. 하지만 무엇이 진실이든 그날의 이야기와 맥주는 지쳐 있던 나에게 큰 힘이 되었고 너무 고마운 기억이 되었다. 때로는 많은 사람들이 축하해 주는 생일도 있었지만 아직까지 스물여섯 살의 생일이 가장 기억에 남는다.

이외에도 심적으로 많이 힘들고 지쳐 가던 미국의 일상에서 가끔 만나 나눈 대화는 많은 힘이 되었다. 이 동생 덕분에 그래도 버틸 수 있지 않았을까 싶다.

40 떠나요, SF

수업이 8주차 즈음 지나서야 어느 정도 여유가 생겼다. 전공에서 얼마만큼의 점수를 받을지 윤곽이 나왔고 스페인어도 기존의 목표까지 공부를 마쳤다. 너무나 달려와서 이제는 조금 걸어도 괜찮을 거 같았다.

계속해서 공부에 바빴기 때문에 추수감사절 휴일에도 여행을 전혀 생각지 않고 있었지만 휴일 전날 오후에 수업을 듣고 있다가 문득 떠나도 괜찮겠다는 생각이 들었다. 밤에 갑작스럽게 버스를 예매하고 짐을 챙겨서 다음날 샌프란시스코(San Francisco)로 떠났다. 오랜만에 만끽하는 자유로움에 더할 나위 없이 행복한 시간을 보냈다.

지난 몇 달 동안은 좋은 학생이 되려고 노력했다면, 여행하는 그 순간은 완벽한 여행자였다. 한국에서 멀고도 먼 미국에서 여행을 하고 있다고 생각하면 가슴이 벅차오르지 않을 수 없었다. 꿈같은 여행을 했다.

이게 바로 먼 곳에서 같은 일상을 살지만 가까운 곳에 이상이 있는 교환학생이었다.

평소에 잘 사는 것도 중요했지만 어떻게 쉬는지도 아주 중요했다. 계속해서 쓰렸던 교환학생이었지만 이런 꿈같은 순간들을 마주하는 순간 그동안의 섭섭함 따위는 아무것도 아닌 듯 느껴졌다. 그렇게 또 다시 살아갈 힘을 얻었다.

41 그래도 남은 것들

미국에서의 한 쿼터는 빠르게 흘러 어느덧 파이널 시험이 다가왔다. 미국에 1년 동안 있는 거라면 방학에 여태 못했던 여유로운 생활을 할 수 있었겠지만 이번에도 학기가 끝나는 대로 떠나야 했다. 이것도 익숙해진 건지 아무렇지 않게 하나씩 떠날 준비를 했다. 친구들을 사귀려고 하지도 잘해 주지도 못했지만 그럼에도 곁에 좋은 친구들이 있었다. 떠나기 전 한 명씩 만나 이야기하고 밥을 먹으며 작별인사를 했다. 제대로 해 준 게 없어서 모든 게 아쉬운 이 느낌, 참 싫다. 떠날 때가 되어서야 조금 더 여유를 가지고 한번이라도 더 볼 걸이라는 생각이 들었다.

정신없이 파이널을 모두 치고 떠날 준비를 했다. 이 캠퍼스에 다시는 못 올지도 모른다는 생각에 괜히 밖으로 나가서 캠퍼스를 한 바퀴 돌아보았다. 떠나는 날인 오늘 처음 가 보는 곳도 많았다. 구석구석 돌아다녀 볼 걸 그랬다.

다음날 아침 일찍 떠날 때 꼭 노크해서 깨워 달라던 옆방의 친구들, 그리고 스코틀랜드에서 온 내 룸메이트의 배웅을 받으며 택시에 올랐다.

교환학생이어서 너무 좋았고, 길을 걷다가도 내가 여기에서 공부를 한다는 것이 너무 신기해서 피식피식 웃기도 했다. 내가 미국에 있었고, 내가 있었음을 기억해 주는 사람이 있고, 내가 떠나는 걸 아쉬워해 주는 사람이 있는 것만으로도 교환학생 참 잘한 것 같았다. 택시 안에서 창밖을 쳐다보는데 기분이 썩 나쁘지 않았다. 끝과 함께 새로운 시작이라 그런지 가슴 설레기도 했다. 세상은 넓었고 내가 모르는 세상으로 또 다시 달려가는 중이었다.

42 보상받다

아시아 문화권과 달리 중남미 쪽은 연말이 되면 많은 사람들이 긴 방학을 가지기 때문에 바로 멕시코로 간다고 해도 공부를 시작할 수가 없었다. 그렇기에 미국을 떠난 뒤 새해가 되기 전까지 호주에서 모은 돈으로 남미여행을 계획했다. 페루 이카(Ica)에서 샌드보딩을 하고 행복한 기분에 젖어 있다가 까맣게 잊고 있던 한 학기 성적이 궁금해졌다. 비밀번호를 치고 성적열람을 클릭하려니 걱정과 기대가 뒤엉켜 요동쳤다. 시험 결과를 확인하는 건, 더군다나 은근 기대를 하고 있는 시험이라면 더더욱 긴장된다. 두근두근. 클릭했다.

아! 좋은 성적이었다. 예상했던 성적에서 크게 벗어나지 않았다. 너무 기뻐서 방방 뛰어다녔다. 도서관에서 참 많이 힘들었던 그 시간들이, 시험을 칠 때 너무 긴장돼서 손에 땀이 나던 그 절실함이 의미가 없지 않았음에 너무 행복했다. 다른 나라에서 공부해서 이 정도로 할 수 있었다는 것도 기뻤고 버킷리스트였던 장학금도 받을 수 있다는 것도 기뻤다.

간절했다는 것은 그만큼 이루고 싶었다는 것이고 그걸 이뤘다는 것은 더할 나위 없이 행복하다는 것이었다. 그래, 그 순간 더할 나위 없이 행복했다.

43 먼 세상에서 재회

몬트리올(Montreal)에서 적응하지 못하고 헤맬 때 먼저 다가와서 큰 힘이 되어 주었던 친구들이 있었다. 그 친구들에게 언젠가 브라질에 꼭 보러 가겠다고 했다. 남미여행에서 브라질을 추가하려면 호주에서 힘들게 모은 돈을 꽤나 많이 써야 했지만 그 약속을 지키고 싶었다. 브라질 여행 자체에는 관심이 없었기에 정말로 그들을 다시 한번 보기 위해서 티켓을 끊었다. 정말 '의리의리'한 나였다.

볼리비아 라파스(La Paz)에서 출발해 페루 리마(Lima)를 거쳐 상파울루(São Paulo)에 도착했다. 3년 만에 만난 친구들은 몬트리올에서의 모습 그대로였다. 정말 만났구나. 보고 있음에도 이토록 먼 브라질에서 그들을 다시 만났다는 게 전혀 현실로 느껴지지 않았다. 한참을 이야기하다가 어디 가는 거냐고 물으니 친구네 가족은 연말을 바다에서 보낸다며 가족이 모여 있는 곳으로 간다고 했다. 그렇게 어린 조카부터 할아버지까지 친구 라리사(Larissa)의 온 가족을 만났다.

비록 언어가 달라 말이 잘 통하지는 않았지만 다들 친절해서 내 가족과 함께 있는 듯이 편안했다. 특히, 마당에서 둘러앉아 친구 동생이 기타를 치며 노래하던 시간엔 문득 따뜻하단 생각이 들었고 그때의 감정이 아직 선명하다.

너무 좋아서 마음 같아서는 한 달이고 눌러앉고 싶은 심정이었다. 현지인들과 함께 이런 여행을 할 수 있는 사람이 몇이나 될까 싶어서 괜히 뿌듯하기도 했다. 친구들에게 받은 게 너무나도 많아 시간이 흘러 그들도 한국에 오게 된다면 내가 받은 고마움을 다시 돌려주고 싶다는 생각이 들었다. 세상은 재밌다.

44 안녕 새해, 안녕 브라질

한해에 참 많은 일이 있었다고 생각하며 지나간 추억에 싱긋 미소 짓고 모든 게 잘될 것만 같은 기분이 드는 한 해의 마지막 날. 눈앞에 형형색색의 불꽃들이 하늘을 끊임없이 물들이며 한 해를 떠나보내고 있었다. 그 불꽃들은 너무나 예뻐서 감상에 젖거나 뭔가 그리워질 틈조차 주지 않았다. 소중한 친구들과 함께 노래를 들으며 하염없이 밖을 바라보며 그저 행복하기만 했다. 시간이 흘러 어느덧 마지막 1분이 되고, 샴페인 잔을 모아 건배 Happy New Year! 그렇게 브라질에서 잊지 못할 새해를 맞았다.

새해가 되고 조금 뒤 고마운 친구들의 배웅과 함께 공항으로 떠났다. 또 다시 나는 혼자가 되어 두려운 세상으로 뛰어들게 되었다. 반겨 줄 사람도 정해진 숙소도 아무것도 없었지만 멕시코시티(Ciudad de México)로 가는 비행기에 몸을 실었다. 그제야 지난 시간들과 앞으로 내가 만들이 나가야 할 미래가 생각이 났다. 낯선 나라, 전혀 나른 언어, 과연 내가 할 수 있을까? 내가 준비된 게 맞을까?

45 낯선 땅, 새로운 시작

또 다시 혼자였다. 그리고 두려웠다. 당시에 멕시코에 대한 나의 인식은 상당히 위험한 곳이고 조심해야 한다는 생각이 많이 들었다. 공항에서 일반택시를 타면 무슨 일이 생길지도 몰라서 Safe Taxi를 탔다. 호스텔에 짐을 풀고 배고픔에 허덕이던 나는 근처의 길거리 점포 같은 곳에서 몇 개의 또띠아(Tortilla)를 사먹었다. 그 다음날부터는 방 찾기에 매진했다. 멕시코에 오기 전에 미리 숙소를 알아보지 않았기에 마음이 조급했다. 전에 친구가 알려 준 웹사이트에서 괜찮다고 생각되는 곳에 방을 구한다는 메일을 쫙 보냈다. 어떻게 보면 막무가내였지만 운 좋게 어학원까지 걸어서 갈 수 있는 거리에 숙소를 구했다.

며칠 뒤 UNAM대학교 부설 어학원인 쎄뻬(CEPE) 등록일이 되었다. 그와 함께 스페인어에 대한 부담이 커져 갔다. 외국에서 살아가며 그 나라 언어를 하지 못한다는 것은 정말 바보가 된다는 것과 같은 말이었고, 나는 그렇게 바보가 되어 가고 있었다. 내가 굳이 잘하고 싶지 않은 것에 대해서는 어설프더라도 기분 상할 필요가 없지만, 정말 잘하고 싶은 걸 못한다고 느끼는 건 분명 가슴 아픈 일이었다. 정말 잘하고 싶으니까 이런 마음이 생기는 거겠지. 등록을 하며 난생처음 쏟아지는 스페인어 질문에 정신이 없었다. 눈치껏 대답하며 결국 초급2(básico2)의 레벨로 시작하게 되었다. 그래도 만족스러웠다. 어쨌든 길지 않은 시간 동안 틈틈이 공부해서 9개 레벨 중에 3레벨로 편성된 것이었기에 지난 시간 고군분투한 보람은 분명 있는 셈이었다. 어느새 이런 낯선 곳에서의 새로운 시작을 아무렇지도 않게 척척 해 나가는 중이었다.

46 Claudia

미국에서 스페인어 공부를 할 때 언어교환 어플리케이션으로 멕시코인 친구를 사귀게 되었다. 그녀의 이름은 끌라우디아(Claudia)이다. 학원 등록을 마치고 나서는 사이버상으로 알게 된 친구를 만났다. 처음으로 만난 친구의 느낌은 아주 좋았다. 다른 멕시코 사람들과 조금은 달라보였으며 눈은 초록으로 빛났다. 흥미로운 사실은 그녀가 CEPE에서 일하는 선생님이라는 것이다. 그러니까, 어학원 선생님을 선생님 이전에 친구로 만난 것이다. 우리는 뭔가 먹으며 얘기할 겸 학교 근처 크레페 집으로 갔다. 생각보다 한국어를 잘해서 이야기하는 데 어색하거나 불편함이 없었다. 영어도 잘해서 이야기가 막힐 때면 영어로 설명했다. 문제는 내가 스페인어를 거의 한마디도 하지 못했기에 스페인어로는 대화를 해 나갈 수가 없었다. 대화를 하며 기초적인 단어를 나에게 물어 보는데 책상이든 팔찌든 거의 알지 못했다. 지난 시간 동안 뭘 공부한 건지 자괴감이 조금 들었지만 이 친구가 어색한 도시와 환경에 내가 기댈 수 있는 큰 힘이 되어 줄 것 같은 느낌이 들었다.

아마 이 친구가 없었다면 내 삶은 조금 더 겉돌지 않았을까 종종 생각하곤 한다. 그는 어느 친구보다도 더 진실한 교감을 느끼게 해 주고 바람이 불면 꺼져 버릴 것만 같던 불안한 나를 나답게 살도록 힘이 되어 주었다.

47 또 다시 채찍질

어쩌면 당연한 것일지도 모르겠지만 모든 수업은 스페인어로 이루어졌다. 또 어쩌면 당연한 것일지도 모르겠지만 수업의 많은 부분을 이해하지 못했다. 선생님이 질문할 때 몰라서 '어버버'거리는 내가 싫었다.

본격적으로 공부모드로 들어가 다시금 채찍질하기 시작했다. 아침 8시부터 밤 12시까지 약속이 있는 날을 제외하고는 주말 없이 공부에 매진하였다. 학원을 마치고는 곧장 집으로 돌아와 파스타 따위를 해 먹었고 저녁에는 방에서조차 나오기 싫어서 라면을 부숴 먹거나 빵에 잼을 발라 먹으며 앉은 채로 끼니를 때웠다. 사실 그렇게까지 했던 것은 집이 불편하게 느껴져서이기도 했다. 사는 집은 현지 대학생 세 명과 함께 사는 쉐어하우스였고, 집에서 사람들을 마주쳤을 때 스페인어를 못해서 우물쭈물하는 내가 싫었다. 그렇기 때문에 누군가를 마주치는 것이 너무 부담스러웠다. 언어가 안 되니 자연스레 사람관계에 대해서도 소극적으로 변한 것이다.

한편으로는 이곳 멕시코에서는 조급하지 않게 스트레스 없이 공부하고 싶었지만 내 성격이 그렇게 안 됐다. 공부를 하지 못하면 불안했다. 최선을 다하지 못한 것 같아서 스스로 다그치게 됐다. 그렇다고 마냥 공부만 하는 게 좋지도 않았다. 그것도 그것 나름대로 힘들었다. 항상 내가 공부를 하며 느끼는 감정이 이것이었다. 하지 않으면 불안했고 하면 힘들었다. 그래도 안 하는 것보다는 하면서 힘든 게 더 낫다고 생각했다. 내가 힘들다는 것은 분명 잘살고 있다는 거니까.

그 당시에 몇몇 사람들이 내게 말했다. 너는 너무 어렵게 산다고, 그렇게 열심히 할 필요가 있냐고. 생각해 봤지만 그냥 이게 나였다. 세상에는 많은 사람들이 있고, 그중에서 나는 이런 사람인 것뿐이었다. 틀린 게 아니라 다른 건데 뭐 어떻게 하겠냐고 생각했다. 두 번 다시는 흘러간 시간을 후회하기는 싫었다. 그러기 위해서는 이렇게 해야만 했다.

48 부족함

멕시코시티에서 공부하며 이대로 공부하면 내가 목표로 한 만큼 할 수 있을 것인가에 대해서 계속 생각하게 되었다. 열심히 하면 잘될 거라는 막연한 말만 믿기에는 상황이 그렇게 좋아 보이지 않았다. 어학원 강의는 1대 다수의 수업으로 정작 나에게 필요한, 많이 말할 기회가 부족하였다. 기초가 없었기 때문에 내 말을 들어주고 제대로 수정해 줄 환경이 필요하였다. 하루 종일 실제로 내뱉는 말은 몇 십 분밖에 되지 않았으니 언어를 배우는 게 아니라 학문을 공부하는 느낌이었다.

그때 과테말라가 떠올랐다. 학원에서 만난 친구가 나중에 공부하러 갈 거라며 이야기한 적이 있었다. 그곳은 보통 1:1로 수업을 듣는다고 하였다. 나에게 너무나도 필요한 환경이었다. 그럼에도 너무나 가기 싫었다. 떠남에 지쳐 있었고 멕시코에서 사귄 친구들과 더 오래 함께한다면 즐거울 것 같았다. 어지러운 마음에 한국에 있는 친구들한테 푸념도 하며 고민을 이어나갔다. 갈까? 말까? 아직 내가 너무 조급해서 그러는 게 아닐까?

힘든 고민 끝에 과테말라로 떠나기로 했다. 스페인어라는 목표만 생각하면 더 나에게 맞는 환경으로 떠나는 게 맞았다. 늘 그래왔듯 아무렇지 않은 척 또 다시 계획을 수정하기 시작했다. 떠남과 홀로됨에 익숙해진 지 오래였다.

49　과테말라로

과테말라에 대한 정보가 많이 없었다. 학원은 어떻게 등록할 수 있는지, 숙소는 어떻게 찾을 수 있는지 모든 게 제한적이었다. 심지어 과테말라 시티에서 공부할 도시인 안티구아(Antigua)로 가는 방법도 상세히 나오지 않았다. 그렇다고 안 갈 건 아니니까 안티구아에 호스텔만 하루 예약하고 과테말라시티행 비행기에 올랐다. 어떻게든 되겠지 뭐. 공항에 도착해서 무작정 밖으로 나와 보니 "안티구아~ 안티구아~"라고 외치는 사람들이 있었다. 다가가니까 밴에 타란다. 처음에 아무도 없어서 이대로 납치되는 상상까지 해 보았으나 곧 타는 사람들에 안심할 수 있었다. 밴은 친절하게 호스텔 앞까지 데려다주었다.

다음날 도시 곳곳을 돌아다니며 놀란 사실은 검은 머리는 나밖에 없다는 것이었다. 생각해 보면 지구 반대편에 동양인이 없는 건 그렇게 놀라운 게 아닐지도 모른다. 그리고 생각보다 많은 웨스턴 사람들이 여행을 많이 온다는 것도 신기했다. 학원을 구하기 위해 분주하게 돌아다녔다. 안티구아는 바둑판식으로 짜여진 도시인데 크기가 아기자기해서 마치 어느 작은 동네에 있는 느낌이었다. 평화롭지만 적당한 활기도 있어서 처음 마주한 길을 걸어 다니는 내내 기분이 좋았다.

생각보다 많은 학원을 마주하지 못해서 정보도 얻을 겸 한식당에 들렀다(놀랍게도 한식당이 있었다). 밥을 먹으며 한국인 사장님께 여쭤 보니 신기하게도 호스텔을 나오며 미국인에게 추천 받아 앞서 보고 온 그 학원이었다. 이것도 운명이다 싶어서 더 찾아보지도 않고 바로 등록하러 갔다. 가격도 저렴했고 추천도 받아서 안심이 됐다. 또한 학생 숙소도 있어서 어렵게 방도 찾지 않아서 좋았다.

이렇게 과테말라 안티구아, 불과 몇 달 전까지만 해도 살면서 단 한 번도 생각해 보지 못한 곳에서 살아가게 됐다. 공부가 목적이었지만 한정짓지 않고 내가 생각한 대로 살 수 있음에 기뻤다.

모든 게 느리고 여유로웠던 안티구아.
특유의 맑은 날씨는 절로 기분 좋은 미소 짓게 만들었다.

50 여기는 안티구아

여태까지 봐 왔던 많은 나라, 도시들도 충분히 놀라운 세상이었지만 안티구아는 그중 가장 다른 세상에 있다는 느낌을 주었다. 아직 잉카문명이 삶에 녹아 있는 듯한 도시와 사람들의 차림새 또한 특유의 모양으로 그득하였다. 높은 건물도 없었고 쇼핑몰조차 없었다. 안티구아에 머무르는 동안 한국인은 거의 마주하지 못했기 때문에 한국어를 쓸 일이 없었고, 조용한 도시였기에 많은 자극 없이 특유의 느린 느낌에 내 마음도 조금은 느긋해졌다.

늘 그랬듯이 매일 같이 공부에 몰입했다. 로레나(Lorena)라는 선생님께 수업을 듣게 되었는데 행운이라고 생각될 만큼 열정적으로 잘 가르쳐 주었다. 오전에 수업을 시작해서 점심 즈음에 끝나고, 시간이 아까워서 점심도 거른 채 도서관에 가서 공부를 했다. 숙소에는 미국, 독일, 캐나다 등에서 온 친구들이 있었다. 좋은 점은 오직 스페인어로만 얘기를 해서 빠르게 말이 늘었다. 1월에 멕시코에 도착해 제대로 한마디도 못해서 막막했던 그때와 비교하면 말도 안 되게 많은 발전이 있는 셈이었다.

이러한 자극 없는, 지루한 삶에서도 나름의 낙이 있었다. 안티구아 중앙에는 중앙공원(Parque Central)이 있는데 바람 쐬며 하늘을 보고 싶으면 그곳에 가서 앉아 있곤 했다. 또한 쌀이 너무나 먹고 싶을 때면 일본 레스토랑에 가서 돈부리에 가장 저렴한 맥주를 마시곤 했다. 돈이 없던 때라서 상대적으로 비싼 한식당에 갈 여유는 없었다. 한식은 아니어도 쌀이었기에 충분했다. 주말에 마켓에서 여러 음식들을 구경하며 사먹는 것도 좋았고 길에 가다가 어린 소녀가 파는 손질 된 망고나 가게에서 10 깨찰(약 1500원) 정도 하는 아이스크림을 사먹는 것도 좋아했다. 하지만 이러한 것만으로는 부족하다는 생각이 들었다.

지구 반대편 과테말라에서 문득 이런 생각이 들었다. 미국에서부터 이어진, 아니 어쩌면 20대 전반에 이어진 뭔가 되기 위한 노력에 신물이 났다. 나는 지쳤고 행복하지 않았다. 사람들은 행복은 적립할 수 있는 게 아니라며 지금 당장 행복하라고 말하지만 그와 동시에 노력해서 잘 살라고도 했다. 나에게는 노력도 하며 지금 당장 행복하라는 건 모순과도 같았다. 그놈의 노력이라는 걸 하는 순간 난 행복할 수 없었다. 그렇다면 행복하려면 노력하지 않는 것밖에 없었다.

51 밀드레드(Mildred)

과테말라에서 학원에 딸려 있는 홈스테이에서 머물게 되었다. 알고 보니 실제 호스트 패밀리가 사는 곳이 아니라 집 주인은 따로 있고 가정부가 머무르며 청소, 음식 등 집안일을 도맡아서 했다. 집에는 캐나다 퀘벡에서 온 할머니에 가까운 아주머니 두 명, 여행에서 만나 결혼까지 한 스위스인, 미국인 커플, 시애틀에서 온 미국인 친구, 독일에서 온 친구가 살고 있었다. 그리고 청소와 음식 등을 해 주던 아이의 이름이 밀드레드(Mildred)였다.

그녀는 항상 폰을 손에 끼고 살았다. 청소를 할 때도 한 손으로는 밀대를 잡고 다른 손으로는 폰을 보고 있었고 쉴 때도 소파에서 폰을 보았다. 꽤 낡은 폰으로 페이스북에 하루 종일 글을 올리고 누군가와 얘기했다. 그녀에게 페이스북은 마치 세상과 연결하는 창문과 같다는 생각이 들었다. 현실 속에 SNS만이 지금 세계를 뒤집어 놓는 게 아닐까란 상상을 해 보았다.

정확한 나이는 물어보지 않아서 모르지만 많이 쳐도 겨우 스무 살 남짓 되어 보였다. 매사에 밝고 장난기가 많은 아이였다. 어린나이에 식모살이라니 한편으로는 안타깝다는 생각이 들었다. 매일 그 좁은 울타리 안에서 머나먼 세상에서 온 누군가를 위해 청소하고 요리했다.

다양한 나라에서 여러 삶과 문화를 겪고 존중해 왔기에 우월주위에서 나오는 말이 아니다. 그래도 안타까운 마음이 생기는 순간이 있는 건 사실이다. 우리나라에서도 '금수저' '흙수저'라는 말이 자주 쓰일 정도로 기회의 불평등이 존재한다. 불공평하다는 생각이 들었다. 우리의 의지와 관계없이 삶의 많은 부분이 결정되어 버리기도 한다. 분명 그게 우리가 원한 건 아닐 건데. 언제부터 결정되어 버렸을까.

말레이시아에서 교환학생을 하는 동생이 있다. 얼마 전 이야기를 하다가 돈 얼마가 없어서 몰래 우는 룸메이트를 봤다는 얘기를 들었다. 마음이 아프고 안타까웠다. 외국에서뿐만 아니라 한국에서도 경제적 사정으로 하고 싶은 꿈들을 접고 살아가는 동생을 보았다. 마음이 이상하다. 왜 배우는 것조차 꿈꾸는 것조차 돈의 영향을 받아야 할까. 가슴이 울렁인다.

52 어떻게 살 것인가?

친구들에게 많은 얘기를 들었다. 스물일곱 살, 점점 다가오는 사회 초년의 길로 우리의 이야기는 다소 무거워지고 있었다. 난 어떻게 살 것인가? 항상 정답을 내리려고 했었다. 바른 선택, 바른 노력, 바른 결과. 객관적으로 본다면 그것이 분명 닐 위한 중요한 밑거름이 됐을 것이다. 그러나 친구들과 얘기하며 꼭 정답만 찾지 않아도 된다는 생각이 들었다. 친구 끌라우디아도 말했었다. 너무 바른 학생, 바른 아들, 바른 친구가 될 필요 없다고, 그게 정답이 아닐지라도 정말 내가 하고 싶은 일을 하라고.

이 모든 것이 겹치면서 다시금 생각하게 됐다. 난 어떻게 살 것인가? 여름에 한국에 가서 복학 전 남은 시간 동안에 무엇을 할지 생각할 때 나는 또 다시 정답을 쓰려고 했었다. 취업 준비를 위한 목표 설정, 효율적인 시간 활용, 노력 그리고 좋은 결과. 그리고 그 결과로 나는 다시금 '열심히 살았구나.' 하며 만족했을 것이다.

그런데 이번에는 그 정답을 찾지 않기로 다짐했다. 자랑스러워하며 남에게 보여 주기 위한, 내 노력을 증명할 그것이 아니라 누구 하나 몰라도 내 스스로 즐길 수 있는 것을 하고 싶었다.

〈안티구아에서 적은 일기〉

스물일곱 살 4월 초, 과테말라의 안티구아에서 나는 더 이상 열심히 살지 않기로 한다. 모든 것에 지쳐 있었고, 더 이상 결과를 위해 과정을 희생하기가 싫었다. 스물한 살의 나는 열심히 살기로 다짐했고 6년 뒤의 스물일곱 살의 나는 열심히 살지 않기로 다짐했다. 더 이상 노력이라는 말 뒤에 행복을 숨기고 살고 싶지 않았다.

꿈꾸고 도전하고 열심히 사는 듯했지만, 정작 행복을 위한 욕망과 노력은 아니었다. 나는 항상 사람들에게 좋은 사람이고 싶었고, 부모님께는 좋은 아들이고 싶었다. 그렇게 누군가에게 좋은 사람이 되고자 노력해 왔다. 이제는 남들에게 좋은 사람이 아니라 나에게 좋은 내가 되기 위해 노력, 결과, 성취, 스펙 이런 것들을 다 던져 보기로 했다. 열심히 살아봤으니 내키는 대로 좀 살아도 되지 않겠나?

2부 〉〉〉〉〉

열심히 살지 않는 삶

53 며칠 동안 생각한 내 대답 - 까미노

어떻게 살 것인가? 며칠 전에 내가 나에게 던졌던 질문이었다. 참 많은 생각을 했다. 결과에만 나를 던지지 않고 어떻게 하면 온전히 과정을 즐기고 '행복하다'라고 말할 수 있을까? 그 생각이 시작되고 며칠이 지났다. 그리고 불현듯 답을 찾았다. 내 가슴이 시키는 일, 내가 하고 싶은 것. 앞으로 한 달 동안만 더 스페인어를 공부하기로 했다. 다시 말해 앞으로 한 달 동안만 더 책을 잡을 계획이었다. 그리고 5월, 나는 약 40일간 스페인으로 떠나기로 했다. 스페인으로 가서 책상이 아니라 몸으로 부딪혀 보고 또한 예전부터 그토록 하고 싶었던 순례자의 길(Camino de Santiago)도 걸어 볼 생각이었다.

사실 쉽지 않은 선택이었다. 과테말라-마드리드 왕복 티켓을 보니 699불, 약 82만 원 정도 되었는데 전혀 돈이 없었다. 부모님에게 손을 벌릴 수도 없었다. 공부에 관해서라면 손을 벌릴 수 있겠지만, 내 욕심을 위해서 부모님의 도움을 받는 건 싫었다. 그래서 펀드레이징(Fund-Raising)처럼 친구, 형, 누나, 동생들에게 조금씩 돈을 빌리기 시작했다. 결국 스페인에 가기로 마음먹고 7시간 만에, 12명의 사람들이 작게는 만 원부터 크게는 20만 원까지 돈을 빌려줘서 돈을 모을 수 있었다. 이 돈은 한국에 돌아가 한 달 동안 알바를 하면 갚을 수 있을 거라고 생각했다.

나는 누군가에게 돈이 아니더라도 어떤 형태로든 빚지는 것을 싫어한다. 그럼에도 불구하고 지금 당장 내 힘으로만 할 수 없다면 남의 도움을 받아서라도 꼭 하고 싶었다. 하고 싶은 게 있는데 제약이 있다면 어떻게든 방법을 찾으면 되는 거니까. '아, 하고 싶은데 돈이 없다. 그래서 못하겠다.'가 아니라.

돈을 빌리며 너무나 고마운 사람들이 곁에 있다는 걸 느끼게 되었다. 어떤 한 친구는 100만 원을 선뜻 빌려준다고 하며 천천히 갚으라고 했다. 돈을 떠나서 내 꿈을, 내가 하고 싶은 일을 응원해 주는 사람들에게 눈물이 핑 돌 만큼 많이 고마웠다. 나를 응원해 주는 고마운 사람들 덕분에 비행기 값인 80만 원을 모았다. 너무 짧은 시간에 무모하게 결정한 것이라 많이 불안했다. 하지만 이전에도 그랬듯이, 다 잘될 거라고 믿었다. 이제야 내 가슴이 뛰는 게 느껴졌다.

54 마지막 한 달, 그리고 행운

한 달만 있으면 끝이라는 생각에 마음이 가벼워졌다. 내 인생에서 이때 말고 또 다시 하루 종일 스페인어를 할 일이 언제 있겠냐며 똑같이 열심히 했지만 이전과 달리 많은 스트레스를 받진 않았다. 끝이 보이니까 비로소 즐길 수 있는 나였다.

시간이 있을 때마다 인터넷에서 순례자의 길에 대해 찾아보았다. 생각보다 걷기 위해서는 많은 것들이 필요했다. 800㎞를 걷는 여정엔 험한 곳도 많아서 발목을 보호하려면 등산화는 거의 필수였고 책가방이 아닌 커다란 배낭, 침낭, 등산복, 우의 등도 필요했다. 당연히 그런 것들이 있을리가 없었고 구입할 여유 또한 없었다.

　그때 나에게 큰 행운이 찾아왔다. 곧 과테말라에 올 거라며 내 블로그에서 과테말라에 대한 포스팅을 보고 연락이 온 아주머니가 있었다. 갑자기 그분이 생각이 나서 친형에게 배낭을 하나 받아서 오실 수 있겠냐고 부탁드렸고 흔쾌히 괜찮다고 하였다. 그렇게 서울에서 친형이 모든 물품들을 넣은 배낭을 아주머니께 전달하였고, 그걸 4월 중순에 지구 반대편인 과테말라 안티구아까지 가져다주시는 기적이 일어났다. 안티구아를 떠나기 전까지 가끔 아주머니께서 한식당에서 밥을 사주시곤 했는데, 돈이 없었던 나에겐 너무 감사한 일이었다. 이렇게 또 한 사람에게 은혜를 입었다.

　시간은 빠르게 흘러가 어느새 학원에서의 마지막 수업을 마쳤고 집으로 돌아가 마지막 복습까지 마친 순간 너무 기뻐서 눈물이 날 것 같았다. 미국 교환학생 때부터 시작된 그 7개월 동안의 시간들이 치열했고 결코 쉽지 않았음을 잘 알기에 스스로 잘 버텨냈고, 수고했다는 말을 되뇌었다. 이 순간을 기억하고 싶어서 '그동안 수고 많았다!'라고 노트 아래쪽에 크게 적고 노트를 덮으며 모든 게 끝이 났다. 길고 길었던 터널을 지나 드디어 빛이 보이는 듯했다.

지구 반대편에서 전해진 형이 쓰던 배낭과 마음이 담긴 용돈, 그리고 순례자의 길 책.
멀리서 왔지만 진심이 너무나 느껴져 마음이 뭉클해졌다.
나는 형이 입던 옷, 배낭을 짊어지고 길을 떠날 터였다.

55 길의 시작점, 생장으로

마드리드의 호스텔에서 해도 뜨지 않은 이른 아침에 일어나 한인마트에서 사 둔 컵라면을 먹고 순례자의 길 출발점인 생장으로 향했다. 새벽 같이 일어나 라면을 먹는 게 어딘가 익숙하게 느껴졌다. 중학생 때 엄마가 크게 아프고 나서는 정기검진으로 서울에 가시곤 했는데 그 아침마다 아무도 없는 냉장고 돌아가는 소리만 윙윙 들리는 식탁에서 홀로 컵라면을 먹었다. 오랜 생각을 불러일으키는 이른 아침 적막 속에서 그 순간이 다시 떠올랐다. 항상 있었던 엄마가 없는 아침이어서인지 아직까지 그 생각엔 가슴이 먹먹하다.

팜플로나에서 버스를 갈아타고 시작점인 생장에 도착하니 이미 늦은 오후가 되어 있었다. 사람들을 따라 순례자 여권을 만들고 순례자의 상징인 조개껍데기를 받았다. 친형의 사진에서 본 적이 있어서 괜히 반가운 느낌이 들었다. 버스에서 만난 한국인 아저씨들의 호의로 저녁을 얻어먹고 순례자 숙소인 알베르게(Albergue)에서 여장을 풀었다.

내일이면 형의 배낭을 가지고 그가 1년 반 전에 걸었던 길을 따라 걷게 될 터였다. 형은 길 위에서 무슨 생각을 했던 것일까? 무엇을 얻었기에 언젠가 꼭 가 보라고 했을까? 너무 힘들어서 무너질 거 같을 때 생각난 형의 말에 먼 과테말라에서 이곳 순례자의 길까지 오게 되었다. 잘 걸을 수 있을까란 걱정과 긴장이 뒤엉켜 마음이 복잡했지만 내일은 첫 여정이었기에 애써 빨리 잠들고자 눈을 감았다.

56 산티아고로의 첫 걸음

순례자의 길은 흔히 까미노(Camino)라고 불린다. 스페인어로 까미노는 '길'이라는 뜻이다. 정확히 말하자면 순례자의 길은 'Camino de Santiago(산티아고로 가는 길)'이다. San은 영어로 치자면 Saint(성스러운)이며 Tiago는 예수의 제자 중 한 명인 야고보를 뜻한다. 순례자의 길은 야고보가 복음을 전하러 다녔던 길 혹은 야고보의 시체가 산티아고에서 발견되어 그때부터 순례자들이 왔다갔기에 생긴 길로 알려져 있다.

첫날이 밝았다. 꽤나 예민한 성격이라 주위의 코고는 소리와 복잡한 마음 탓에 잠을 잘 이루지 못했다. 두 눈은 무거웠지만 긴장한 탓에 정신은 또렷했다. 여태까지 해 본 거라고는 군대에서의 40km가 전부였으며 그때도 걷고 나서 발바닥에 온통 물집이 잡혔는데 800km라니 감히 상상이 안 갔다. 뭐라도 먹어야지 걸을 힘도 날 것 같아서 아침에 무료로 제공된 딱딱한 빵에 잼을 발라 꾸역꾸역 넘겼다. 많은 사람들이 생장에서 동시에 출발하다 보니 일자로 줄지어 걸었는데 흡사 군대 행군을 연상케 했기에 까미노의 첫 인상은 썩 좋지 않았다.

하지만 중간쯤 걸어서 도착한 피레네 산맥은 감탄이 절로 나올 만큼 맑았으며 예뻤다. 맑은 날씨 아래 마치 산꼭대기에 올라와서 하산은 별거 아니라는 듯이 사진도 찍고 간식도 먹으며 저 멀리 펼쳐진 파랗고 초록빛 가득한 전경을 마음껏 누렸다. 그렇게 한참을 여유부리다가 다시 배낭을 메고 끝 지점을 향해 걸었다. 역시나 걸음에 익숙하지 않았던 터라 시간이 지나면 지날수록 힘들어졌다. 특히 알베르게에 도착하기 전 마지막 내리막길에서는 체력이 동난 상태여서 좀비마냥 걸었고 금방이라도 주저앉을 것만 같았다. 걸어야 하니까 억지로 걸었고 결국 오후 중간 즈음 도착했다. 이제 살았구나 싶으면서도 이제 28/800을 한 셈인데 앞으로의 한 달은 어떻게 해야 할지 몰라 머리가 어지러워졌다.

침대를 배정받고 빨래도 하고 숙소에서 제공하는 밥을 먹으며 숙소에 있는 사람들을 주욱 둘러봤는데 오기 전에 막연하게 생각한 것과 달리 한국인은 아빠 또래의 아저씨, 아주머니밖에 없었다. 어른을 존중하지만 그렇다고 함께 있는 게 즐겁고 편하진 않았다. 외로운 과테말라에서 벗어나 순례자의 길을 걸으며 새로운 친구들을 사귀고 많은 이야기를 듣고 싶은 마음도 있었던지라 아쉬웠다. 정말 그냥 걷기만 하면 과연 내가 무얼 얻을 수 있을까? 첫날부터 이 길이 의심되기 시작했다.

57　이기적인 그들이 싫어요(4일)

순례자의 길은 생각보다 더 단순하게 흘러갔다. 아침 6시면 자동으로 눈이 떠졌고 침낭을 개고 짐을 싸서 해가 하늘을 물들이기도 전에 길을 나섰다. 만나는 사람들과 가끔 얘기도 하고 좋아하는 노래도 들으며 걸었고 보통 오후 한두 시 정도에는 도착했다. 알베르게에 짐을 풀고 늦은 점심을 먹고 마을 주변을 살피면 하루가 끝이었고 10시에는 곧장 잠들었다. 매일 잠드는 도시는 다르지만 비슷한 하루가 반복되었다.

뭔가 신념이 있거나 목적이 있어서 선택한 길이 아니었기에 내가 왜 이 길을 걸어야 하는지 끊임없이 물었다. 그리고 의심했다. 과연 단순하게 걷고 자는, 여행이라고 말하기엔 어딘가 어설픈 여기서 무언가를 얻을 수 있을까? 나는 이미 많은 외국 경험을 해 왔기 때문에 형과 달리 좋다고 느낄 수 없는 게 아닐까? 차라리 돈을 조금 아껴 가며 스페인에 있는 관광지들을 여행하는 게 더 즐겁고 남길 게 많은 거 같았다. 아직까지 내가 왜 이 길을 계속 걸어야 하는지 그 이유를 찾을 수 없었다.

한국 어른들의 이기적인 행동도 이 길을 더 싫증나게 만드는데 한몫했다. '별'이라는 뜻을 가진 에스뜨레야(Estrella)라는 도시에서 어떤 한국인 아저씨의 폰이 고장 나서 고치거나 사야 하는 상황이었다. 그를 돕기 위해 폰 가게와 폰 고치는 곳을 찾아 헤맸고, 해결하느라 4시간이나 소비해서 마을을 돌아보거나 쉴 시간이 없었다. 무엇보다 나를 화나게 만들었던 것은 도와줘서 고맙다는 말 대신 저녁 해 먹자며 식재료를 대충 사 주고는 요리를 시키는 것이었다. 내가 원하는 건 이런 것이 아니었다. 아무리 어르신이지만 적어도 타인의 소중한 시간을 이용했다면 고맙다는 가벼운 인사라도 해야지 맞았다. 까미노를 시작하면서부터 스페인어를 할 줄 알기에 호의로서 여러 어른들을 도와드렸다. 하지만 시간이 갈수록 여러 사람들이 많은 걸 요구했고 내 개인시간이 사라지고 피곤함이 지속되자 그건 더 이상 호의가 될 수가 없었다. 너무 많은 한국 어른들이 스페인어를 한다는 이유로 날 힘들게 하자 여기를 떠나고 싶다는 생각은 더욱더 커져만 갔다.

58 미래로 가는 길(5일)

순례자의 길은 800km가 한 길로 이어져 있고 모두들 하루에 비슷한 양을 걷기 때문에 나와 함께 출발한 사람들을 거의 매일 보게 되었다. 그들이 마치 학교나 회사의 동기같이 느껴졌다. 문득 길을 걷다가 이 길이 마치 과거에서 미래로 넘어가는 시간을 걷는 열차 같다는 생각을 했다. 영화 〈설국열차〉에서는 뒤에서 앞으로 갈수록 부유해졌지만 이 기차는 앞으로 갈수록 미래라는 생각이었다. 즉, 나보다 30km를 앞에 걷는 사람들은 하루 더 먼저 간 사람이고 60km를 앞에 걷는 사람들은 이틀을 더 먼저, 즉 나의 미래를 걷고 있을 것이었다. 나보다 앞에 날짜에 출발해서 내가 보지 못한, 또 다른 사람들이 궁금해졌다. 만약 내가 빨리 걷는다면 그들의 과거를 현재에서 마주할지도 모를 터였다.

그리고 날 괴롭히는 지긋한 사람들도 나의 과거로 남겨두고 싶었다. 더더욱 빨리 걷고 싶다는 생각이 강해졌다. 하지만 30km를 걸을 걸 40km 이상을 걸어야 하는 만큼 결코 쉽지 않은 선택이었다. 이 단순한 길에서조차도 더 걸을 것인가 말 것인가에 대한 문제가 던져졌다.

59 전환의 시작점(8일)

원래 계획은 나헤라(Najera)까지 가는 것이었는데, 도착 후 같이 걷던 동생이 숙소 상태를 보더니 "형 5km만 더 가면 다른 마을이 있는데 더 걸

으실래요?"라고 물었다. 나에게는 며칠간의 고민들을 뒤집을 수 있는 절호의 찬스였지만 이미 30㎞가량을 걸어서 너무 힘들었다. 5㎞면 한 시간만 걸으면 될 정도로 짧았지만 체력이 동난 상태에서는 그 한 시간은 억겁으로 느껴질 게 뻔했다. 쉽사리 결정을 내리지 못하며 고민하다가 끝내 3명의 사람들과 더 걷기로 했다.

가겠다고 결심한데에는 미래에 대한 궁금증도 있었지만 길에서 만난 이 3명의 사람들을 더 알아가고 싶었기 때문이다. 영화감독과 뮤지션 그리고 똑똑하지만 겸손한 대학생까지 너무나 다른 인생을 살아온 사람들이었기 때문에 그들의 이야기를 듣고 싶었다. 아마 이때 가지 않았으면 순례자의 길이 나에게 전혀 다른 의미가 되어 버리지 않았을까 싶다. 이 한 번의 선택이 내 순례자의 길을, 아니 내 마음 더 큰 무언가를 바꾸었다.

한 시간 정도만 걸으면 되는 거리였지만 다리 상태가 좋지 않았기 때문에 한 발자국을 내디딜 때마다 통증이 심하게 밀려왔다. 살며 평지에서의 한 발자국이 힘들어 멈춰선 것은 처음이었다. 아… 괜히 간다고 했나. 결국 도착하긴 했는데 다리 상태가 최악이 되어 잠시 걷는 것조차 너무 힘들 정도로 후유증이 있었다. 내일은 어떻게 걸어야 할지, 아니 계속해서 걸을 수 있을지조차 의심스러웠다.

주위를 둘러보는 걸 생각조차 할 수 없었고, 새롭게 지어진 알베르게는 이미 다 차서 어쩔 수 없이 따뜻한 물도 나오지 않는 무려 900년이 된 알베르게에서 휴식을 취했다. 베드버그가 나오면 바로 이런 곳에서 나오겠구나 싶었다. 가까운 슈퍼에서 산 고기와 과일을 먹고는 씻지도 않은 채 이른 저녁부터 잠이 들었다. 내일 걸을 정도의 발 상태는 되길 바라고 또 바랐다.

60 길의 중간에서(13일)

내 삶은 항상 애쓰고 허덕였다. 그리고 뒤를 돌아볼 여유도 가지지 못한 채 앞만 보며 나에게 스쳐가는 많은 걸 쳐다보지 못했다. 목적과 결과만 남았고 내가 고작 얘기할 수 있는 건 '나 뭘 해서 뭘 이뤘어.'가 다였다. 애쓰며 살지 않기 위해서 떠나온 순례자의 길에서도 똑같이 애쓰며 살고 있는 나를 발견했다. 어느 순간부터 완주에 대한 집착이 생겼다. 아니 나란 사람은 처음부터 그랬다. 내 스스로의 만족보다는 800㎞를 다 완주한 다음에 '저는 까미노 800㎞를 완주했어요.'라고 자랑하기 위해, 또 결과만을 남기기 위해 걷고 있었다. 또 다시 결과를 위해 과정이 희생되고 있었고 나의 삶의 방식은 이 길에서도 반복되고 있었다. 나는 하던 공부를 멈추고 왜 이 순례자의 길을 왜 걷기로 했던 걸까?

지금, 여기에서 행복해지기 위해서였다.

함께 걷던 영화감독 형이 자신은 몸이 너무 안 좋아서 오늘은 택시를 타고 목적지인 프로미스타(Fromista)까지 갈 건데 원하면 같이 타도 된다고 했다. 나는 이 '완주'를 해야 한다는 강박을 반드시 버려야만 했다. 형에게 같이 간다고 했다. 큰 결심하에 탄 택시 안에서 바라본 세상은

땅만 보며 걷던 그때와는 또 다른 세상이었다. 무언가 해내야 한다는 마음을 버리니 세상이 다르게 보이기 시작했다. 왜 그렇게 바쁘게 살았을까. 왜 주위를 바라보며 과정을 조금이라도 즐기지 못했을까? 진실된 깨달음이 다가왔다.

이제 결과 같은 건 아무래도 상관없었다. 적어도 나는 지금, 당장 행복하니까. 이제 애쓰지 않으며 살기로 했으니까.

절로 걸음이 멈춰졌던 누군가의 절실한 기도.
누구를 위한 기도인지 알 수 없었지만
너무나도 간절한 마음이 잘 느껴졌다.

61 이 길이 좋아지는 이유(15일)

순례자의 길을 걷기 시작한 처음, 왜 수많은 사람들이 종교적인 이유를 제외하고는 지루하게 매일 걷고 먹고 자는 여행을 하고 있는지 이해

되지 않았다. 친형이 이 길 위에서 무엇을 느꼈던 건지 무엇이 그렇게 좋았던 건지 너무나 알고 싶었지만 그러지 못했다.

하지만 어느 순간 이 길을 정말로 즐기고 있는 나를 발견했다. 무엇보다도 정말 좋았던 건 '자극 없는 나날들'이었다. 우리는 살아오며 항상 무언가를 선택하고 해야만 했다. 중고등학생 때는 공부하며 고민해야 했고 이제 끝나나 싶더니 대학생 때는 더욱더 해야 할 과제들이 늘어났다. 학점관리, 토익, 대외활동, 연애, 자격증, 시험, 취업 등 잠시도 나를 가만두지 않았다. 생각하고 무언가 해야만 하는 삶의 과제들은 머릿속에 스트레스로 자리 잡았다. 너무나 오랫동안 머물고 있어서 마치 당연한 듯 살아오고 있었다.

순례자의 길엔 그런 '해야 하는 것'이 사라지고 꽤 단순한 것만이 앞에 놓여 있었다. 하루 종일 걷기만 할 뿐이었고 그나마 고민이라고는 '오늘 저녁엔 뭘 먹을까?' 정도였으니 얼마나 심플한가. 고민할 게 겨우 저녁 메뉴라니. 나는 이 아무 일 없는 하루가 너무나 좋아졌다. 걸으며 생각을 많이 할 거라고 생각했지만 오히려 생각이 없어졌다. 고민들을 버리기 시작했다. 그 대신에 지금 내가 뭘 하고 싶은지에 대해 귀 기울였다. 예쁜 풍경이 보이면 멈춰서 하염없이 바라봤고 괜찮은 카페가 보이면 멈춰서 맥주를 마셨다. 지나가는 순례자와 얘기하기 시작하면 속도를 신경 쓰지 않고 얘기하며 걸었다.

내 27년 인생이 30일 동안의 순례자의 길 위에 온전히 녹아 다시 새로운 모습으로 굳어 가고 있는 중이었다. 그토록 내가 찾아 헤매던 행복과 함께.

5월의 순례자의 길은 눈부시게 아름다웠다.
열심히 걷다가도 너무나도 예쁜 풍경을 마주하면
절로 걸음이 멈춰졌다.
걸으며 생각을 많이 할 거라고 생각했지만 오히려 생각이 없어졌다.
고민들을 버리기 시작했다.

62 까미노에서 가장 행복했던 날(18일)

이제는 몸도 익숙해진 덕분에 알람이 울리지 않아도 자동적으로 6시에 눈이 떠졌다. 앉은 자리에서 침낭을 정리하고 새벽냄새가 물씬 풍겨오는, 아직 하루가 시작하기 전 같은 느낌의 길을 나섰다. 쌀쌀하지만 너무 어둡지도 밝지도 않은 해뜨기 전 새벽 느낌이 너무 좋았다. 걷다가 하루를 시작하는 사람을 마주하거나 뜻밖의 예쁜 풍경을 보노라면 내가 마치 세상을 여는 사람인 듯했다.

좋아하는 노래도 들으며, 여러 생각도 하며 걸으니 출발한 지 얼마 안 되어 아스트로가(Astroga)에 도착했고 더 이동하기 전에 지도를 보려고 벤치에 앉았다. 문득 그늘진 벤치에 앉아서 바라보는 풍경이 너무나 마음에 들었고, 한참동안이나 넋 놓고 바라보았다.

꽤 시간이 흐른 뒤 무거운 엉덩이를 벤치에서 띄우며 다시 걸으려고 발걸음을 옮기는데, 역시나 도시가 너무나 예뻤다. 그냥 지나치기에는 너무 아쉬운 느낌이 들었다. 예전의 나였으면 걷는다는 목표를 위해서 낭비 없이 체력이 되는 한 걸었겠지만, 지금은 달랐다. 계획대로, 매뉴얼 대로 걷는 게 아니라 지금에 충실했다.

다시 앉아서 나보다 늦게 출발했을 거라고 생각되는 동생을 기다리기 시작했다. 그렇게 한 20분을 기다리니 그 동생이 왔다. "그냥 여기서 쉴까?" 물으니 너무 좋단다. 그렇게 아침부터 걷기를 멈추고 알베르게에 자리를 잡았다. 그 후에 순례자들이 지나가는 길에 위치해 있는 카페에서 맥주를 마시고 있으니 또 다른 동생이 지나갔다. 원래라면 우리보다 앞서 나갔어야 하는데 이것도 운명인지 폰을 알베르게에 놔두고 와서 돌아갔다 오느라 우리를 다시 만날 수 있었다. 영화감독 형은 분명 여기에 머물 거라고 생각했는데 예상대로 이 마을에 멈추었다.

이렇게 누구도 약속하지 않았지만 함께하고 싶은 사람들 모두와 시간을 보내게 되었다. 아침에는 전혀 예상하지 못했던 즐거움이었다. 오전부터 이 아름다운 마을을 마음껏 둘러보며 한껏 여유로움을 만끽했고, 오후에는 마트에서 먹고 싶은 음식들을 사서 오랜만에 제대로 된 음식도 해 먹었다. 고기도 사고 라면도 끓이고 와인도 마시고 이보다 더 행복할 수 있을까 싶었다. 거창한 계획 없이 순간의 선택이 주는 행복이 너무나 컸다. 미리 계획했다면 이렇게까지 행복하진 않았을 것이다. 하지만 우연하게 멈추고 싶었고 또 우연하게 내가 좋아하는 사람들 모두와 함께 이 마을에 머무르게 되었다.

항상 앞만 보고 달렸던 내가 이 길을 걸으며, 좋은 사람들을 만나며, 옆도 보기 시작했다. 걷고 싶으면 걷고 멈추고 싶으면 멈추었다. 그렇게 천천히 지금 이 순간을 즐기고 사랑할 수 있는 나로 변하고 있었다.

63 길 위의 은인, Q(20일)

비행기 표도 돈 빌려서 샀을 정도로 주머니 사정은 넉넉지 않았고 짠내 나는 여행을 하고 있었다. 한 푼이라도 더 아끼기 위해 오른쪽 배낭 주머니에는 1유로짜리 바게트를 꽂고 왼쪽에는 유리병에 든 딸기잼을 넣고 다녔고 허기가 질 때마다 길 중간에 앉아서 먹곤 했다. Q형과 나는 같이 다니진 않았지만 자주 길을 가다가 마주쳤다. 그것도 그럴 것이 Q형은 아침 6시쯤에 길을 나섰고 나는 그쯤에 일어나 짐정리를 했다. 보통 내 걸음이 조금 더 빨랐기에 얼마간의 시간 뒤에는 마주쳤다. 길에서 만나게 되면 자주 나에게 "야, 아침이나 먹자."며 쿨한 목소리로 아침을 사주었다. 배를 채울 거라고는 바게트와 초콜릿이 전부였던 내게 마음으로나 체력으로나 큰 힘이 되었다. 아마 형이 없었다면 먹은 바게트의 숫자가 몇 배는 늘어났지 않을까 싶다. 그 외에도 너무나 큰 신세를 졌다.

형은 영화감독이라고 했다. 길을 걸으며 수많은 이야기를 들었다. 내가 전혀 알지 못하는 세계를 알려 주었고 무언가를 바라볼 때의 재밌는 관점도 알려 주었다. 재밌는 관점이란 가령 이런 것이었다. Q형이 사용하는 카드가 이상이 생기는 바람에 어쩔 수 없이 돈을 한국에서 빌려 내 계좌에 보내고 대신 뽑아 주어야 하는 상황이 되었다. 그렇게 형이 돈을 빌리고 이렇게 말했다.

"내가 돈을 빌리며 두 가지의 반응을 봤어. 첫 번째 부류는 지금 자기 상황이 안 돼서 돈을 못 빌려주는 자신을 안타까워하는 부류, 그리고 두 번째는 돈을 떠나서 지금 돈을 빌려야만 하는 상황에 놓인 나를 걱정해 주는 부류."

맞고 틀리는 건 없겠지만 그가 생각하는 방식이 재미있다는 생각이 들었다. 그러면서 나는 어떤 부류의 사람일까란 생각이 한동안 머릿속에서 맴돌았다.

한날 신해철의 '일상으로의 초대'라는 노래가 걸으면서 계속 생각난다고 했다. 신해철이 영국으로 유학을 떠난 후 발표된 노래라며 순례자의 길을 걸으며 문득 생각나는 사람을 한국에 돌아가서 가장 먼저 만날 거라고 했다. 다음 날 아침에 나도 그 노래를 들으며 생각해 보았다. 한국으로 돌아가기 3주 전, 지금 문득 생각나는 사람이 누굴까? 내가 한국에 가서 가장 먼저 보고 싶은 사람은 누굴까? 스스로에게 물어보았다.

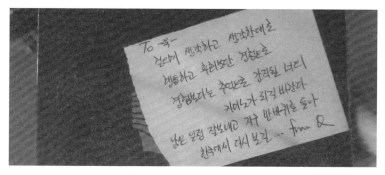

마음이 짠했던 순례자의 길 마지막 순간에 받은 선물.
한국에 돌아가 다시 그를 만난다면 너무 감사했다고 말하고 싶었다.

64 즐기며 걷다(25일)

5월의 스페인 날씨는 너무 춥지도 뜨겁지도 않아 걷기에 딱 좋았다. 걸은 지 25일이 된 지금, 걷는 건 너무 익숙했기에 마냥 앞만 보며 걷는 게 아쉽고 지루했다. 그래서 먼 길이지만 오히려 서둘러 도착하려 하지 않고 괜찮아 보이는 바에 들러서 마시고 또 어딘가로 들어가서 마셔 가며 걸었다. 어느덧 늦은 오후가 되어 해가 곧 꺾일 것만 같았지만 우린 취기와 함께 계속 걷고 있었다.

Q형이 갑자기 히치하이킹을 해 보자고 했다. 가만 생각해 보니 꽤 재밌는 생각이었다. 순례자의 길에서 택시도 버스도 아닌 히치하이킹으로 간 사람을 몇 명이나 될까? 시나리오를 짠 우리는 다리 아픈 모양새를 내며 차를 향해 손을 흔들었고 이윽고 한 차가 우리 앞에 섰다. 동생

과 나는 영어로 "He is sick. He is sick."을 연신 반복하며 다리가 아프다며 태워 달라고 부탁했다. 친절하신 스페인 아저씨는 웃으며 차가 꽉 차도록 우리를 태워 주었고 그 덕분에 손쉽게 마지막 5㎞를 올 수 있었다.

도착 후 짐을 풀고 Q형은 담배를 사러 나갔다가 돌아와서는 재밌는 이야기를 해 주었다. 우리를 태워 준 친절한 스페인 아저씨를 가게에서 또 마주쳤는데 놀래서 갑자기 다리 아픈 척을 했다며. 기막힌 우연에 코미디가 따로 없어서 우리 모두 배꼽 잡고 웃었다. 저녁에는 10명이 넘는 순례자들과 함께 요리해서 나눠 먹으며 각자 어디서 왔는지, 왜 왔는지 등 여러 이야기를 나눴다.

시간이 흘러 사진첩을 정리하다가 그때 찍은 사진을 보았다. 각자의 삶을 살다가 우리는 그곳 순례자의 길이라는 곳에서 접점을 만들었고, 또 다시 다른 선을 그으며 흘러갔다. 내가 그들을 기억하듯이 그들도 점 하나로라도 기억해 줬으면 좋겠다. 적어도 우리가 함께 찍은 사진을 열어 볼 때라도 말이다. 가끔은 사진을 보며 이렇게 많은 사람들이 스쳐 지나갔다는 생각에 신기하게도 생각하지만 그만큼 많은 사람이 흘러갔다는 것에 마음이 쓸쓸해질 때도 있다. 그래도 우리가 그 순간에 만났다는 것 자체가 기적인 게 아닐까.

걷는 것만을 목표로 하지 않고 그들과 함께 진정으로 이 길을 즐겼고 그 어느 때보다 행복했다. 어느덧 산티아고까지 몇 십 킬로미터밖에 남지 않았고, 더욱더 이 길이 소중해져갔다. 왜 이 길을 사람들이 그렇게나 좋아하는지 이 길이 거의 끝나가니 더 잘 알 거 같았다. 반대로 걸을까…?

65 산티아고(28일)

마지막 아침도 여느 때와 다름없이 시작했다. 비가 오고 있었다. 걷는 중 절반은 비를 만났기에 날씨를 탓할 생각도 없이 우비를 꺼내 입었다. 어느새 800km 중 겨우 20km밖에 남지 않았고 서두를 이유가 없어 천천히 걸었다. 늘 그래왔듯이 길 중간에 보이는 바에 들어가 커피에 크루아상을 먹고 맥주도 마시며 한참을 떠들었다. 길에서 이들을 만난 건 행운이었다. 무엇이 그렇게 즐거웠는지는 이제 흐릿해져 기억도 잘 나지 않지만 그들의 이야기를 듣고 나의 이야기를 하는 모든 순간이 즐거웠다. 같은 경험을 하더라도 각자의 정의는 달라진다. 나의 이 길에 대한 정의는 그들로 인해서 달라졌고 그 시간을 사랑하게 만들었다.

성당 앞 광장에서 더 이상 걸어야 할 길이 없기에 멈춰 섰다. 산티아고였다. 도착하면 끝이구나 하며 배낭을 집어던지고 한없이 행복할 줄 알았지만 아무도 축하해 주는 이 없는 마지막에 멈춰 서서 조금은 허무한 마음으로 주위를 둘러보았다. 순례자들이 각기 다른 표정으로 끝의 향기를 만끽하고 있었다. 이 산티아고에서 다들 무슨 생각을 하고 있을까? 자기가 원하던 것을 찾았을까, 혹은 마음속에 있던 짐을 덜게 되었을까? 아무나 붙잡고 물어보고 싶은 마음이었다.

이 길이 항상 내 삶과 닮아 있다는 생각을 했다. 나의 20대는 잘 살아보고자 택해 온 삶의 방식대로 즐길 새도 없이 묵묵하게 앞만 바라보며 걸었다. 그게 너무나 힘들어 툭하면 터질 거 같아 도망치듯 떠나온 순례자의 길이었는데 처음엔 나도 모르게 여태까지 살아온 삶의 방식을 재현하며 애쓰며 앞만 보고 걸었다.

길 중간에서 내가 열심히 걷지 않기로 다짐한 것은 내 삶의 방식을 완전히 바꾸는 결정이었다. 그건 마치 열심히 살지 않겠다고 다짐한 것과 같았다. 그렇게 다시는 결과라는 이름하에 과정을 희생하지 않을 거라고 마음속에 새겼다. 마침내 많은 것을 느끼고, 버리고, 생각하게 해 준 그 길이 끝이 났다.

목표를 두지 않고 걸으니 마지막에 와서도 딱히 해냈다란 생각도 들지 않았다. 이 길처럼 현재에 내가 원하는 것에 충실하고 행복을 버리지 않는다면 그 끝에 뭐가 있든 상관없어질까? 잘 모르겠지만 확실한 건 지금의 나는 조금 더 행복하며 이런 삶의 방식을 믿어 보기로 했다는 것이다.

많은 걸 느끼게 해 준 산티아고를 떠나기 전, 먼 훗날 형과 함께 각자가 걸은 길을 함께 걸어 본다면 얼마나 좋을까란 생각을 했다. 그랬으면 좋겠다.

66 한국으로 돌아가는 길

이미 과테말라에서 한국으로 돌아가는 비행기 표가 있었기에 안티구아로 돌아와야 했다. 겨우 두 달 정도 머무른 나라, 도시임에도 꽤나 익숙해 마치 집에 돌아왔다는 생각이 들었다. 이틀 뒤에는 또 다시 먼 곳으로 떠나야 했다. 지구 반대편 과테말라까지 내가 다시 올 일이 있을까? 지금 보는 게 마지막이라고 생각하니 이 익숙함이 약간 낯설게 느껴졌다. 모든 게 느리게 느껴졌던 그 도시가 아직 그 모습 그대로 있을 것만 같아 가슴이 시큰하다.

이틀 동안 돈을 아끼려 몇 백 원짜리 딱딱한 빵으로 끼니를 때우던 중 아주머니께서 또 다시 밥을 사 주었다. 말은 못했지만 돈이 없어서 제대로 못 먹고 있었기에 감사함이 너무나 컸다. 아주머니가 없었다면 새벽에 주린 배를 움켜잡으며 뒹굴었을지도 모르겠다.

훗날 바쁜 삶을 살다가 문득 떠오른 생각에 아주머니께 연락할 방법을 찾아봤지만 아무것도 남아 있지 않았다. 친형한테도 혹시 연락처가 남아 있는지 물어봤지만 아무런 정보도 얻을 수 없었다. 연락처라도 제대로 받아둘걸… 후회가 밀려왔다. 남아 있는 건 함께 찍은 사진 한 장뿐. 언젠가 다시 만나 감사하다고 꼭 말할 수 있길 바라고 또 바라본다.

과테말라에서 여러 도시를 경유하고 드디어 한국이 눈앞에 있었다. 단순하게 주어진 대로 살아가는 게 아니라 항상 스스로에게 물어보고 답을 찾으려고 했다. 그 질문 덕분에 계속해서 새로운 답을 써내려 갈 수 있었고 그 답이 나를 어딘가로 또 다시 인도했다. 교환학생으로 간 미국에서부터 멕시코, 과테말라, 스페인까지 많은 걸 겪고 스스로 담금질을 하며 9개월이 지났다. 모르는 사람들이 내 얘기를 들으면 '좋았겠다.'라고 말할지도 모르겠지만 나에겐 정말 많이 힘거웠고 아픈 시간들이었다. 드디어 이 외롭고 힘거운 삶도 끝이었다. 언젠가 다짐했던 것처럼 이제는 내가 좋아하는 사람들을 오래오래 보고 싶었다.

인천행 비행기에서 많은 한국인들을 보며 마음이 들뜨기 시작했다.

낙서하듯 써내려 간 버킷리스트의 마지막 점이었고 새로운 페이지의 시작이었다.

67 한국 그리고 현실

한국에 돌아와서는 나 역시도 모두가 걷는 그 길을 가야 했다. 이것을 우리는 '현실'이라고 한다. 졸업을 한 학기 남겨둔 스물일곱 살의 나는 당연한 수순인 듯 취업을 생각하게 되었다. 단 한 번도 직업적으로 뭐가 되고 싶다고 생각해 본 적이 없었다. 전공은 별 생각 없이 수학을 좋아해서 공대로 진학했고 졸업을 앞두어서까지도 별 생각 없이 공부했다. 《아프니까 청춘이다》에서 읽은 것처럼 주어진 것에 최선을 다하다 보면 나중에 자연스레 무얼 하고 싶은지 알게 되길 바랐지만 결국 그러지 못했다. 다른 친구들도 마찬가지였다. 우리는 대학교와 전공을 성적 따라서 골랐던 열아홉 살 그때와 비교해 크게 달라진 것이 없었다. '어디라도 붙으면 좋겠다.'는 꿈 없어 보이는 막연함이 씁쓸하면서 혹시 나만 선택받지 못해 뒤처지는 게 아닌가 하는 두려움까지 더해졌다.

취업을 하긴 해야 했지만 하고 싶지는 않았다. 취업을 빨리 하고 싶지만 일은 하기 싫은… 이런 모순이 없었다. 직장인이 된다면 긴 휴가도 없이 매일 비슷한 하루가 반복되는 삶을 살 게 뻔했고 과연 그 삶에 내가 만족하며 살 수 있을까란 의심이 들었다. 어떻게 수많은 사람들이 그렇게 살아갈 수 있는 거지? 정말 취업밖에 없는 걸까? 스스로에게 물어 보아도 답은 보이지 않았고 돌고 돌아 결국 도착한 곳은 취업으로 가는 길이었다. 여태까지 속았지만 한 번 더 속아 보기로 했다. 주어진 것을 일단 해 보자. 하지만 예전처럼 애쓰진 않을 생각이었다.

68 하고 싶은 일 〉해야 하는 일

스물일곱 살 하고도 반, 모든 친구들이 취업 준비를 하고 있을 때 나는 어떤 걸 해야지 마지막 학기를 정말 재밌게 보낼 수 있을까란 고민을 하고 있었다. 마지막 학기에는 작정하고 하고 싶은 걸 다 해야겠다고 다짐했다. 몇 개의 선택지를 머리에 두고 있던 와중에 학교 홈페이지에 외국 교환학생들을 지원해 주는 동아리를 만든다는 공지를 보았다. 취업준비생이라는 점에서는 이럴 때는 아니었겠지만 그럼에도 지금의 나를 위해 지원하기로 했다.

면접을 통해 선발이 된 후 여러 사람들과 함께 아무것도 정해져 있지 않은 동아리를 조각하기 시작했다. 해 보고 싶은 걸 상상하고 실제로 기획하고 활동하며 많은 걸 얻었다. 무엇보다도 예전처럼 목표를 위해 음지에 숨어 있는 것이 아니라 밖으로 나와 내가 누구인지 보여 주는 듯했고 이전에 익숙하게 느끼던 외롭고 힘들다는 생각은 전혀 들지 않았다. 공부를 하지 않는 대학생활은 참 행복했다. 이런 게 대학생활이라면 10년은 더 하고 싶다는 생각이 들 정도로 가장 빛나던 순간이었다. 만약 이 활동을 하지 않았더라면 어쩌면 대학교가 나에게 남긴 인상은 사뭇 다르지 않았을까란 생각이 든다.

대개 '그때 하지 말걸.'이라며 후회하는 사람은 많이 보지 못했지만 '그 때 해 볼걸 그랬어.'라며 이미 늦어 버림을 후회하는 경우는 많이 봤다. 무언가를 선택함에 있어서 우리를 막는 수단들은 많다. 해야 하는 것과 하고 싶은 것이 다를 때 오는 괴리감 속에 우리는 전진보다는 유지를 선택하곤 한다. 고민하는 와중에 "아 네가 지금 이런 거 할 때야?"와 같은 말을 듣는다면 무언가를 해 보려는 용기도 나를 위한 욕심도 픽- 하니 꺾여 버린다.

하지만 그럼에도 불구하고 꼭 해야겠다는 확신을 가질 때가 있다. 무언가를 할지 말지 망설여질 때면 나중에도 할 수 있는 일인지 아닌지 물어보았다. 지금이 아니면 할 수 없는 일이라면 반드시 해 보려고 했다. 적어도 시간이 흘러 '해 볼걸.'이라는 후회는 하고 싶지 않았다. 마찬가지로 이번이 마지막 학기였기 때문에 해야만 하는 일이었고 그 결정은 나에게 많은 걸 가져다주었다.

누군가가 지금 그걸 꼭 해야겠냐고 물어보며 우리를 좌절시키려고 한다면 "지금이 아니면 안 되니까."라며 가볍게 말해 보자. 생각보다 효과가 있다.

69 재밌는 상상, 발담금

오랜만에 고향친구를 만나 한참을 떠들던 중 친구가 영어 좀 가르쳐 달라고 물었다. 그 말에 넌 뭘 가르쳐 줄 거냐며 장난스럽게 답하니 자신은 음악선생님이니 배우고 싶은 악기가 있으면 가르쳐 주겠다고 했다. 평생 음악과 친해질 기회가 없었기에 한번 취미 삼아 배워 봐도 좋겠다는 생각에 알겠다고 했다. 그렇게 어쩌다가 나온 말로 영어를 가르쳐 주고 우쿨렐레를 배우기 시작했다.

처음에는 정말 장난식으로 얘기했었는데 배워 보니까 이 생각이 너무나 재미있었다. 재능기부라는 일방적인 방식이 아니라 재능교환이라는 형태로 서로가 원하는 걸 배울 수 있었고 또한 어느 한 분야에 국한되는 것이 아니라 다방면으로 뻗어 나갈 수 있겠다는 생각이 들었다. 돈도 들지 않기에 새로운 영역의 것을 배울 때 부담 없이 해 볼 수 있었다. 나 역시도 학원에서 돈을 내 가며 우쿨렐레를 배워 보려고 하진 않을 것 같은데 이렇게 교환이라는 틀 안에서 부담 없이 배워 볼 수 있었다.

학교에 돌아와서도 재능교환에 대한 생각이 계속 머릿속에 남아 어떻게 하면 시작해 볼 수 있을까 고민하게 되었다. 마침내 활동을 하고 있던 외국인지원팀에서 무언가를 해 볼 수도 있겠다는 생각이 들었다. 팀 안에는 외국어에 관심이 있는 학생들이 많았고 여러 학생들의 동참으로 영어회화, 영어, 스페인어, 중국어로 수업을 만들어 보게 되었다. '새로운 영역에 발을 담그다'라는 의미로 '발담금'이라는 이름도 지었다. 나는 스페인어를 가르치고 중국어를 배웠다. 한 학기 동안 가르치며 생각보다 많은 가능성을 보았다.

시작은 교환이라기보다는 봉사의 형태였지만 다른 목적도 있었다. 처음에 스페인어에 입문할 때 어떻게 공부해야 할지 막막했었다. 중국어와 일본어는 비교적 학원도 많고 배울 방법이 많지만 스페인어 같은 경우에는 내가 사는 곳에서는 딱히 배울 곳이 없었다. 그 때문에 전공자에게 과외를 받았는데 한 시간에 2만 원이라는, 학생 입장에서는 꽤나 부담스러운 돈을 주고 배웠었다. 그럼 과외를 받을 여유가 없는 지방학생들은 어떻게 하라는 말인가? 배움의 기회가 공정하지 못한 것은 문제가 있다고 생각했다. 그래서 언젠가 스페인어를 배워서 살하게 된다면 이런 문제를 풀어보고 싶다는 생각을 했었다. 거창하게 말하면 학교를 조금 바꾸고 싶었다.

그 다음 학기에는 프랑스어까지 추가하여 만들었고 수십 명의 학생들을 가르치게 되어 더 많은 학생들에게 도움을 줄 수 있었으며 이 수업 이후에 본격적으로 공부해서 삶의 방향을 튼 학생들도 있었다. 내가 상상해서 해 본 무언가가 누군가의 삶에 영향을 준다는 것은 정말 꿈같은 일이었다.

누구도 알아주지 않는 이 일이 어쩌면 타인에게는 쓸데없는 무료봉사쯤으로 보였을지도 모르겠지만 이로 인해서 내 스스로가 의미 있는 삶이라고 느끼게 만들었고 행복했다. 요즘 바쁜 와중에도 내가 뭔가 할 수 있는 게 없을까 라며 고민하곤 한다. 큰 사람이 되겠다는 그런 거창한 꿈은 없지만 몇 명의 사람에게라도 도움을 주고 스쳐 지나갈 수 있다면 그게 내 행복일 것 같다.

70 취업실패

취업 준비를 시작하면서 나는 왠지 잘 풀릴 것 같은 근자감이 있었다. 하지만 막상 뚜껑을 열고 보니 면접은커녕 서류에서도 많이 떨어졌고, 서류에 붙은 회사마저도 면접이나 필기시험에서 다 떨어져 더 이상 앞으로 나갈 수 없게 되었다. '인생은 실전이야 인마.'라고 하는 듯 씁쓸한 현실을 인지하고 허탈하게 다음을 기약해야 하는 상황. 실패를 혼자 인내해야 하는 것도 힘들었지만 번번이 이번에도 떨어졌다는 걸 말해야 하는 것도 싫었다. 취업이라는 것이 또다시 결과로서 증명해야만 끝나는 게임이라는 게 느껴져서 답답하고 속이 타들어갔다.

아빠는 항상 이렇게 말했다. "아무리 열심히 해 봤자 결과가 좋지 않으면 그 과정은 아무것도 아니다." 정말 듣기 싫은 말이었지만 사실은 틀린 말은 아니었다. 많은 사람들은 결과로서 그 사람의 노력을 가늠한다. 열심히 살지 않기로 했는데 다시 그래야만 하는 건가? 만약 내가 정말 열심히 했는데 증명을 하지 못한다면 난 열심히 하지 않은 사람으로 친구들과 부모님에게 남겨지는 것일까? 단순히 시험을 쳐서 결과가 나오는 게 아닌, 누군가의 선택을 받아야 하는 이런 게임. 너무 싫었다. 내가 선택받을 수 있을까? 갑자기 취업이라는 것에서 내가 다른 사람에 비해 그리 뛰어날 것도 없다는 게 느껴져서 더욱 답답함이 늘어갔다. 20대에서 우리가 가장 찌질하다는 학생도 직장인도 아닌 그 시기, 취업준비생이었다.

71 아프리카, Global Frontier

언젠가 20대가 끝나기 전에 여섯 대륙을 모두 가 보고 싶다는 생각을 한 적이 있다. 그야말로 꿈같은 이야기였다. 이 생각이 머릿속에 있어서 그런지는 모르겠지만 신기하게도 시간이 흐르면서 여러 가지 목적으로 한 대륙씩 채워 나갔고 마지막 아프리카만이 남아 있었다. 정말 생각한 대로 운명이 이끄는 것인지 학교 홈페이지에 흥미로운 공고가 올라왔다. 그 이름은 'Global Frontier'였고 학생들이 팀을 이루어 나라 및 아이템을 선정하고 발표를 해서 최종합격하면 학교지원으로 그 나라에 갈 수 있는 것이었다. 보자마자 이건 날 위한 것이라는 생각과 동시에 잠시의 망설임도 없이 아프리카로 가야겠다고 마음먹었다. 마지막 남은 대륙을 갈 수 있는 둘도 없는 찬스였고 정말 갈 수 있을지도 모른다는 생각에 두근거렸다.

같이 공학을 전공하고 해외경험이 많은 동생들에게 함께해 보자고 제안하였고 당연하다는 듯이 동의했다. 일단 아프리카로 가겠다고 마음먹었지만 아이템 선정은 쉽지 않았다. 쓸데없는 경험은 없는지 박람회 통역 교육에서 들은 코트라 사이트를 활용하여 여러 정보를 찾아보았고 남아공으로 선정하였다. 남아공의 치안은 아프리카에서는 괜찮아 보였고 글로벌 기업이 많이 있어서 방문해 볼 곳도 많았다. 세부적인 아이템을 정한 뒤엔 구체적인 계획이 있어야지 합격할 확률이 높았으므로 닥치는 대로 방문 컨택을 시도했다. 글로벌 기업인 포드, 폭스바겐, 도요타, BMW부터 현대자동차, 한국전력, 포스코대우 등 한국 기업까지 현지 정보가 없는 경우에는 본사에 전화를 걸어 남아공 지사에 대한 정보를 얻었다. 일찌감치 취업광탈 했기에 시간이 많아 잘 준비할 수 있었다.

생각만 해도 가슴 두근거리는 일을 상상하고 그 일에 가까이 가는 건 정말 행복했다. 평소에도 나름 행복한 편이라고 생각하지만 가끔 두근거리는 상상을 할 때 문득 '나 정말 행복 하구나.'라고 생각하게 만든다. 여행을 떠나는 그 순간에도 두근거리지만 여행을 가야겠다고 마음먹을 때도, 비행기 표를 살 때도, 어디 둘러볼까 이리저리 찾아볼 때도 그 모든 순간들이 나를 행복하게 만들어 준다. 이것도 마찬가지로, 프로젝트였지만 하나의 여행을 떠나는 순간들과 같았다. 이전부터 많은 삶의 여행을 준비하고 해 왔지만 이번에는 혼자 준비하는 여행이 아니었기에 어쩐지 더 행복한 나였다.

72 또 한 번의 은혜, 그리고 준비

아프리카라는 대륙에 대한 걱정 어린 시선이 가득했던 PT발표를 모두 마치고 끝내 합격 소식을 들었다. 정말로 아프리카에 갈 수 있다는 생각에 흥분되기도 하였고 한편으로는 금전적인 압박과 취업문제로 걱정도 되었다. 본래 학교 지원 금액은 200만 원 정도였기에 아프리카까지 가려면 약간의 개인지출도 필요하였고 집안사정이 꽤 안 좋아져서 부모님에게 손 벌리기도 너무 죄송했다.

무언가를 하고 싶을 때면 항상 금전적인 게 따라 붙는다. 아무리 꿈과 열정을 따라가라고 보기 좋게 포장하여 사람들에게 희망을 전도하지만 그럴 여유가 없는 사람들에게는 먼 나라 얘기일 뿐인 것이다. 무언가를 꿈꾸다가도 현실을 들이밀며 "넌 그럴 여유가 있니?" 이런 말 한마디면 '내가 너무 안일했나.'라며 그 생각을 꺾어 버리곤 한다. 시간이든 금전이든 여유라는 건 참 힘들다. 최근 많이 이슈였던 금수저 같은 이야기 또한 불공평함을 대변해 주는 말이기도 하다. 알랭드 보통의 《불안》이라는 책엔 이런 얘기가 소개된다. 세상은 원래 불공평한 것인데 요즘 사회에는 마치 그 모든 것들이 공평한 것처럼 조명되며 그렇기 때문에 잘되지 않으면 마치 자신의 능력이나 노력이 부족했다며 자책하게 된다. 사실은 그게 아닌데 말이다. 누군가에게 미안하고 부끄럽기도 하지만 나는 공평치 못했다. 내가 하고 싶은 걸 할 수 있던 이유는 내가 잘해서가 아니라 날 위해 거름이 되어 주신 부모님이 있었기 때문이다.

　마찬가지로 지금도 아프리카에 가고 싶지만 부모님이 안 된다고 하면 아무것도 하지 못할 터였다. 복잡한 마음이었다. 집안사정이 안 좋았기에 부모님은 하루라도 빨리 내가 취업하기를 바라고 있었다. 어떻게든 금전적인 문제를 해결해야 했기에 어려운 마음으로 아빠에게 전화를 걸었다. 아프리카에 이러한 이유로 갈 수 있는데 생활비가 조금 필요할지도 모른다고 말하니 걱정했던 것과 달리 이 정도면 되겠냐면서 흔쾌히 허락해 주었다. 어려운 집안사정에도 자식이 하고 싶어 하는 일에는 어려운 소리 한 번 하지 않으시고 더 나를 믿어 주시는 부모님께 너무 감사했다.

최종적으로 회사와 연락하며 일정을 조율하고 자료조사에 매진했다. 두 달 전에는 생각조차 하지 못했던 미지의 대륙이 눈앞에 있었고 믿음직한 두 명의 동생들이 있기에 아무런 걱정도, 의심도 하지 않았다. 정말 닿을 수 있을 거라 생각도 못했던 꿈이 눈앞에 있었다.

73 남아프리카공화국, 케이프타운

싱가포르를 경유하여 긴긴 비행을 마치고 남아공에 도착했다. 정말 지구 반대편까지 와 버린 것이다. 공항을 나온 뒤에 우리가 정말 아프리카에 있다는 게 느껴지자 온몸에 전율이 일었다. 여행 외에도 해야 하는 일들이 분명했지만 새로운 세상으로의 걸음은 역시나 설레었다. 도착후에 능숙하게 유심을 구매하고 차를 렌트하고 예약한 숙소로 향했다. 이전까지는 항상 혼자서 외국을 다녔지만 거의 처음으로 동료와 함께하는 것이어서 느낌이 색달랐다. 무엇보다도 다들 경험이 풍부해서 서로를 믿고 의지할 수 있다는 것이 좋았다.

케이프타운(Cape Town)은 아프리카라는 말이 무색할 정도로 현대적이고 세련된 도시였다. 숙소에서 나와 워터프런트로 걸어가며 여태까지 보지 못했던 새로운 느낌을 마음껏 마주했다. 뒤로는 랜드마크인 테이블마운틴이 평평한 모습으로 꼿꼿하게 서 있었고 앞으로는 맑은 날씨 아래 여유 있는 도시의 모습이 펼쳐졌다. 거리의 악단들이 흥거운 음악을 연주하며 수많은 사람들이 웃으며 걷는 걸 상상한 것과 달리 거리는 꽤나 조용했지만 그래도 충분했다. 날씨는 구름 한 점 없이 진한 파란색으로 빛났으며 워터프런트의 자유로운 느낌은 맥주 생각이 절로 나게 했다.

항구 쪽으로 펼쳐진 차양이 만들어 준 그늘 아래서 맥주를 마시며 잠시 본래 목적은 잊고 누구도 방해할 수 없는 오롯한 자유를 즐겼다. 꿈처럼 느껴지는 순간이었다.

문득 내 선택 하나하나가 모여서 지금 여기로 인도한 것이지 않을까 란 생각이 들었다. 여러 나라를 오갔지만 아프리카 대륙만 가 보지 못했 었기 때문에 망설임 없이 아프리카를 선택 할 수 있었다. 그리고 외국인 지원팀을 하면서 좋은 동생들을 알게 되었기 때문에 프로젝트 팀을 만 들 수 있었다.

또한 여태까지 내가 경험해 왔던 것들이 없었더라면 학교에서 이 아 프리카까지 믿고 보내지 않았을지도 모른다. 이 모든 게 우연 같지만 하 나의 마땅한 이유가 되어 지금 내가 여기에 있을 수 있는 뿌리가 되었 다. 힘든 순간들이 많았던 대학생활의 마지막에 내가 해 온 모든 걸 녹 일 수 있는 경험을 하고 있다니 그저 행복할 뿐이었다.

74 세상의 끝, 희망봉

항상 날씨가 한없이 맑아 창밖으로 푸른 바다와 하늘이 너무나도 눈 부시게 빛났고 아름다운 암석으로 이뤄진 도로를 지나갈 때면 언젠가 본 〈분노의 질주〉의 한 장면이 머릿속에 그려졌다. 시간이 조금 늦은 오 후 마지막으로 희망봉으로 향했다. 아프리카에 가기 전에 흔한 여행 블 로그도 찾아보지 않을 정도로 여행에 대한 준비는 하지 않았기에 큰 기 대는 없었다. 아프리카뿐만이 아니라 여행을 할 때 무얼 먹을지, 어떤 걸 할지 잘 정하지 않는 편이다. 준비가, 기대가 없다는 건 오히려 장점이 많다. 우연히 들어간 곳의 음식이 정말 맛있거나 자세히 찾아보지 않고 마주한 장소가 멋스러움과 감동을 더 크게 준다. 또한 선입견 없는 백지에서 바라보게 되어 혼자만의 색으로 마음껏 칠할 수 있게 해 준다. 도리어 맛집이라고 찾아간 곳에서 실망한 경우가 더 많고 사람들이 별로라고 말해서 괜히 별로일 거 같다고 생각했지만 막상 나에겐 너무 좋았던 적도 많다. 기대가 없다는 건 뭐든 좋다는 뜻이며 의외의 것이 주는 더 큰 즐거움을 마주할 준비가 되어 있다는 것이다.

희망봉(Cape of Good Hope)으로 진입하는 길에서 한 번도 보지 못했던 광경을 마주했다. 초원에는 타조가 뛰어가고 앞차가 멈추니 그 차 위로 야생 원숭이들이 올라가고 있었다. '그래 이게 바로 아프리카지.' 어릴 적 TV에서 보며 상상해 오던 그 모습이었다. 연신 카메라 셔터를 누르며 이 진귀한 관경을 담으려고 애썼다.

이윽고 희망봉에 도착했다. 〈CAPE OF GOOD HOPE〉 THE MOST SOUTH-WESTERN POINT OF THE AFRICAN CONTINENT. 아프리카 대륙의 최고 하단 지점에 우리가 온 것이다. 위로 올라가서 본 희망봉의 모습은 압도적이었다. 눈앞에는 아무런 현대 문명의 흔적 없이 자연 그 자체였고 끝을 알 수 없는 광활한 바다만이 푸르게 반짝이고 있을 뿐이었다. 그 압도적인 모습에 모두 매료되어 꽤 긴 시간 동안 한마디도 하지 않고 그저 머나먼 바다를 바라보았다. 이 순간이 그리워질 걸 너무나 잘 알았기에 작은 틈이나 생길세라 순간을 놓치지 않으려 애썼다. 단언컨대 아프리카에서 최고의 순간을 꼽으라면 바로 지금이었다.

불과 반년 전에 스페인의 끝 피스테라(Fisterra)에서 보았던 순례자의 길 제로포인트(더 이상 걸을 길이 없는 0㎞ 비석이 새겨진 곳)가 떠올랐다. 반년 전에는 유럽의 끝, 지금은 아프리카의 끝에 있었다. 삶은 예측 불허였다. 스페인, 남아공 모두 가기 두 달 전까지 내가 그곳에 갈 거라고 상상도 하지 못했었다. 만약 1년 전에 이미 알고 있었으면 이 정도로 즐거웠을까. 삶은 여행하는 거지 준비하는 게 아니라고 했다. 나의 여행처럼 정해진 것을 따라가지 않고 혼자 생각하고 행하며 나만의 그림을 그려 나간다면 그게 더 큰 것을 가져다주지 않을까? 때로는 여행에서 맛없는 음식을 먹는 것처럼 실패할 수 있겠지만 그래도 스스로 겪어 가며 '나'라는 중심을 잡을 수 있지 않을까?

75 몸 따로 마음 따로

봄이 되면서 학생도 아니고 직장인도 아닌, 말만 들어도 측은해지는 취준생이란 이름이 생겼다. 적지 않은 나이이기에 빨리 자리를 잡았으면 하는 부모님의 등쌀과 이대로 몇 번만 미끄러지면 어느새 스물아홉, 서른이 될지도 모른다는 막연함에서 오는 두려움이 나를 괴롭혔다. 나만의 리듬을 가지고 살길 바랐지만 정해지지 않은 미래 앞에서는 속수무책이었다. 열심히 살지 않겠다고 다짐하며 실제로 무언가 되기 위해서는 그다지 노력하고 있지 않고 있었지만 반대로 이런 생각도 들었다. 만약, 내가 정말로 계속해서 선택받지 못한다면 나는 나를, 내 다짐을 원망하지 않을 자신이 있는가? 이런 아이러니가 따로 없었다. 계속해서 미래만 걱정한다면 현재를 누리지도 그렇다고 미래를 누리지도 못할 것이었다. 차라리 미래가 결정되어 있다면 이렇게 힘들게 발버둥 치지도 않을 건데.

　종종 대학교 친구들을 만난다. 서른 즈음이 된 우리는 회사 이야기보다는 지난 학생 때의 이야기를 더 많이 한다. 취업을 만족스레 하지 못한 친구는 '공부를 조금 더 열심히 할 걸.'이라며 후회하고, 취업을 잘했지만 오직 공부만 했던 친구는 '학점을 조금 낮추더라도 여러 학생 때 할 수 있는 걸 많이 해 볼걸.'이라고 한다. 결국 후회는 결과에 종속한다. 그 결과가 단순한 보통의 개념에서 가지는 합격/불합격, 성공/실패가 아니라 자기가 선택을 하며 결국 누린, 혹은 누리지 못한 무언가를 말한다. 과정을 즐긴다면 후회가 없을까라고 스스로에게 물어보았던 나는 또다시 나에게 묻는다. 후회라는 건 어쩔 수 없는 나약한 인간의 본질일까. 완벽한 것은 정말 완벽하기에 있을 수 없는 것일까. 정말 괜찮아지려면 행동이 아니라 마음을 달리해야 하는 것일까. 무엇이 우리를 이렇게 힘들게 하는 것일까. 정말로 취업일까? 아니면 다음 문을 열어야만 하는 운명에 걸린 이 구조가 우릴 힘들게 하는 것일까.

　3월이 되면서 나에게 몇 가지 변화가 찾아왔다. 더 이상 기숙사에서 살 수 없기에 자취방을 얻어야 했고, 지원팀 일과 함께 생활비 충당을 위해 글로벌 라운지에서 일하게 되었다. 학교에 있지만 학생은 아니었으며 노력하는 취준생도 아니었다. 너무 재밌었던 팀 활동은 생각과 달리 극도의 스트레스와 회의감을 가져왔다. 스스로 불안한 마음이 가득한데 팀 활동에 많은 시간을 쓰고 있었고 어린 학생들과의 이질감도 나를 힘들게 했다. 활동을 하다가도 내가 뭐하는 건가 싶어 복잡한 마음으로 홀로 빨리 집으로 돌아오곤 했다. 뭐든 제대로 하지 못하고 있다는 생각은 나를 지하까지 내려가게 만들었다. 그만하고 싶다고 수백 번 생각했지만 그럴 수 없었고 마음만 곪아 갔다.

분명 모든 걸 척척 다 잘 해낼 수 있는 사람들이 있겠지만 나는 그런 사람이 아니었다. 생각도 많았고 감정 기복도 있었으며 모든 걸 완벽하게 할 수 있는 슈퍼맨은 더욱 아니었다. 그저 취업도 사람도 힘든 스물여덟 살일 뿐이었다.

76 결국엔 해피엔딩

3주 연속으로 치러진 인적성 시험에서 모두 떨어지고 나니 오히려 홀가분했다. 역시나 여유 없던 마음의 문제였는지 체념 후엔 팀 활동도 다시 재밌어졌다. 5월의 끝자락, 이번이 마지막 활동이었기에 정말 재밌는 행사를 만들고 싶었다. 파트너와 함께 세계 여러 곳에서 온 친구들이 음식을 만들어 한국인, 외국인 모두 같이 나누어 먹는 디너파티를 기획했다. 마지막인 만큼 정말 정성들여 준비하였고 파티 전날 밤늦게까지 노래를 들으며 라운지를 꾸미다가 셀로판지로 물든 공간을 바라볼 땐 전율을 느꼈다. 열정을 다한 뒤 그 페이지를 넘겨보기 전에 오는 떨림은 엄청났다. 많은 사람들이 도와준 파티는 성공적으로 끝났고 우리 모두가 너무 행복했던 하루였다. 그 여운은 내 생각보다 더 길어 아직까지 내 마음 한편에 자리하고 있다.

지난 1년을 돌이켜보면 학교생활에서 이렇게까지 열정적이었던 적이 있을까 싶다. 해야만 해서 했던 전공 공부나 팀 프로젝트는 열심히는 했지만 열정적이라는 말은 어울리지 않았다. 외국에 나가 있던 그 시간들도 애쓰며 살아왔지만 열정적이지는 않았다. 20대를 지나오면서 내가 무얼 좋아하고 무엇을 할 때 가슴 두근거리는지 잘 몰랐다. 반면에 지난 1년간 가슴이 두근거리며 상상해 왔던 많은 깃들을 펼쳐보며 나도 몰랐던 열정을 찾을 수 있었다. 이 두근거림이 너무나 좋았다. 20대에 치열했던 삶만이 남지 않아서 다행이라고 생각한다. 내가 몰랐던 열정에 대해 알게 해 준 시간들과 이 좋은 기억의 일부가 되어 준 모든 사람들에게 감사하다.

77 학생강연, Travel Maker

5년 전, 꿈이라는 걸 몰랐던 스물세 살의 내가 학생강연을 듣고 너무나 많은 걸 느꼈고 그때부터 조금은 다르게 살고 싶었다. 아무것도 몰랐던 내가 꿈꾸기 시작한 첫 시작점이었고 훗날 나 역시도 그들과 같이 나만의 이야기를 누군가에게 들려주고 싶었다. 어느새 5월 말, 정말로 학교를 떠나기 한 달이 채 남지 않았다. 떠나기 전이라는 건 많은 의미를 담고 있었다. 내가 학생으로서 다시는 무언가 할 수 없는, 그야말로 영원한 끝이라는 것이었다. 그런 만큼 내 대학생활의 마지막 점은 다른 누군가를 위해 찍고 싶었다.

기회가 없다면 스스로 기획하여 강연을 만들어 보려 했지만 시험기간이기에 현실적으로 어려워 보였다. 짧지만 긴 고민 끝에 '지금이 아니면 안 되니까!'를 다시 한번 외치며 해 보기로 했다. 공식적인 행사가 모두 끝난 상태였지만 너무나도 고맙게도 많은 사람들이 개인적인 생각에서 시작된 기획에 동참해 주었다. 기획부터 강연까지 일주일이란 말도 안 되게 빡빡한 일정이었지만 프로젝트 팀이 만들어지자 너무나 능숙하게 강연 이름부터 포스터까지 짧은 시간에 만들어 냈다. 6명의 강연자들과 리허설도 하며 좋은 강연을 만들기 위해 함께 고민하였다.

강연 당일, 시험 기간이었고 홍보 시간도 그리 길지 않았기 때문에 과연 사람들이 와 줄까 걱정했지만 예상보다 훨씬 더 많은 사람들이 와 주었다. 해외에서의 삶, 여행 이야기를 담아 Travel Maker라는 이름을 붙인 강연엔 뉴질랜드, 인도, 유럽 교환학생, 중국, 호주 워킹홀리데이 이야기가 담겨 있었고 나는 순례자의 길에 대해 이야기했다. 내가 왜 열심히 살았는지 또 그게 얼마만큼 그게 고통스러웠는지, 왜 결과를 위해서 살지 않기로 마음먹었는지에 대한 것이었다.

처음에 강연을 해 보지 않겠냐고 물었을 때 주저했던 동생들이 보란 듯이 너무나 잘해냈고 청자뿐만이 아니라 강연자에게도 좋은 기억을 선물한 것 같아 좋았다. 이 강연이 누구에게 어떤 영향을 주었는지 알 수 없지만 내가 5년 전 어느 강연을 듣고 삶의 궤도를 바꾼 것처럼 누구 하나라도 영향을 받아 꿈꾼다면 너무 감사할 것 같다. (그래도 한 명쯤은 있지 않을까?)

이 꿈같은 강연을 끝으로 학생으로서 모든 것에 마침표를 찍었다. 시간이 흘러 점점 아련해지고 있는 기억이지만 너무나 소중하기에 잊지 않으려 가끔씩 꺼내어 본다.

78 다시는 만나지 말자

　첫 면접이 있고 나서 한 달이 되도록 아무런 소식이 없었다. 그사이에 여러 회사에 시험을 치러 갔고 모두 다 탈락하는 기염을 토했다. 자신감은 바닥을 향해 수직하강 했고 무인도에 표류된 것마냥 막막했다. 과연 나 합격할 수 있을까? 나름 꽤 나답게 살아왔다고 생각했는데 취업이라는 잣대 위에서는 작아지는 나였다. 면접도 아니라 시험에서 5번 연속으로 떨어져 보니 더 해 봤자 결과는 똑같을 것 같았다. 아직 남은 단 하나의 회사에 합격하기를 바라고 또 바랐다. 이것 또한 떨어지게 된다면 원점으로 돌아가 다시 시작해야 했다. 새삼 나도 이렇게 쓰리고 아픈데 더 긴 시간 동안 묵묵히 취업 준비를 하고 있는 친구들이 대단하다는 생각이 들었다. 아니 선택받아야지만 끝나는 이 고독하고 잔인한 게임을 견디는 취준생들 모두가 대단했다.

　내 정신은 오직 남은 하나의 회사에 쏠려 있었다. 다시 일어설 자신이 없었기에 집착하는 증세를 보였다. 수시로 결과가 나왔나 하며 메일을 확인할 정도로 절실한 마음이었다. 오월 어느 밤, 답답한 마음에 산책을 하고 있었다. 습관처럼 메일을 열어 보았다. 기다렸던 회사의 이름으로 온 메일이 있었다. "제발!"이라고 외치며 조심스레 열어보았다. 이내 두 눈에 합격이라는 두 글자가 보였다. 잘못 본 게 아니길 바라며 몇 번이고 다시 확인해 본 후에 마음껏 기뻐했다. 이제 최종만이 남았다.

결국 최종합격 소식을 받았다. PT경진대회를 보고 있던 중 큰 기쁨에 소리를 지를 뻔했다. 옆에 친구를 얼싸안고 합격소식을 알렸고 친구들과 소식을 기다리는 부모님에게도 연락을 했다. 부모님에게 자랑스러운 아들이 되어 보고 싶었는데, 좋아하는 모습을 보니 덩달아 더 기뻐졌다. 정말로 끝이었다. 지난 6년의 고군분투가 스쳐 지나갔다. 어른이라는 게, 20대 청춘이라는 게 참 쉽지 않은 일이었다. 젊음은 무수한 가능성이 있다고 말하는데 그 가능성이 너무나 막연해서 나조차도 이 걸음이 어디로 향하는지 모르니까 힘들고, 불안했다. 그렇다고 마냥 멈춰서 길이 보이기를 기다리자니 내 주위에는 다들 바쁘게 어디론가, 그들도 모르는 곳으로 향하고 있었다. 취업을 위해서 살아온 건 아니었지만 학생으로서, 무언가 배우고 공부하는 게 업인 시기가 끝났음에, 그 힘들었던 시간을 잘 견뎌왔다는 걸 잘 알기에 나 자신에게 축하의 말을 건넸다.

'막연했으며 많이 불안한 시간이었다. 다시는 만나지 말자.'

79 직장인이 되다

살면서 딱히 직장인이 된 나의 모습을 생각해 본 적이 없었다. 회사에서 몇 십 년 동안 긴 휴식 없이 종일 일과 씨름하며 나이가 들어간다는 건 그다지 달갑지 않았기 때문이다. 타고난 재주나 관심이 없던 나는 그저 그런 평범한 사람이었기에 별달리 일반적인 삶에서 벗어날 일이 없었다. 그다지 상상하고 싶지 않은 순간이 현실이 되어서인지 첫 출근하는 날엔 마치 재입대하는 듯 끔찍하고 긴장되었다.

무수하게 가능성이 많아 보였던 푸르디푸른 젊음은 이제 한풀 꺾여가고 있었고 사방에 보이던 가능성이라는 문들을 지나쳐 이제 내가 걷는 길엔 그다지 많은 문들이 남지 않게 되었다. 회사도 사람 사는 곳이지만 내 마음은 그리 편치 않았다. 주어진 일을 하고 돈을 받지만 그다지 나의 개성이나 특성을 고려치 않고 그 속에서 나를 잃어 가고 있었다. 나는 이런 보통어른이 되기 위해서 달려온 걸까? 과연 이렇게 계속 살아간다면 더 이상 살아갈 이유가 있을까? 이유가 있다면 그게 과연 무엇이 될까? 가족? 여행? 취미생활? 아직 잘 모르겠다. 무던히 견뎌 내기에는 아직은 어른인 척하는 애송이일 뿐이었다. 여느 에세이처럼 인생은 이렇게 살면 된다고 적기에는 나 스스로가 흔들리는 잎사귀이기에 오늘도 무던히 버텨 본다.

80 노란봉투

취업을 준비할 당시에는 붙여만 주면 뼈를 묻을 정도로 충성할 수 있다고 생각하였는데 왜 막상 일을 하니까 퇴사하고 싶어질까? 물론 사람은 위만 보는 게 일반적이므로 갖지 못했을 때의 감정과 가지고 나서의 감정은 간사하기 짝이 없게 변화하기도 한다. 정신없는 회사생활 와중에 계속해서 내 머릿속에는 이런 생각이 들었다. '이 회사를 계속 다녀야 할까? 말아야 할까?' 취업하면 끝이라고 생각했는데 막상 마음이 안정되지 않으니까 이러지도 저러지도 못하는 상황이 되었다. 입사 초기에는 그다지 부족한 회사는 아니라고 생각하면서도 왜 퇴사를 하고 싶은지 생각해 보았다.

첫 번째로 선배들은 나의 미래이다. 일을 하면서 선배들이 농담 반 진담 반으로 이렇게 말하는 걸 많이 들었다. "아직 안 늦었다. 빨리 다른 일 알아봐라." 그런 말을 들을 때마다 그래도 괜찮다고 생각했던 마음에 다시 균열이 일어나면서 '역시 다른 일을 알아봐야 하는 건가? 이대로 가만히 있으면 안 되는 거겠지?'란 생각이 마음속에서 솟구쳤다. 그렇다면 왜 그렇게 나빠 보이지 않은 직장에서 그들은 '다른 일'을 외치는가? 골똘히 생각해 보았다. 현재까지 내가 들은 바로는 그 '다른 일'은 '공'기업이든 '공'무원이든 '공'이 들어간 무엇이었다. 그렇다면 왜 그들은 이구동성 '공'을 외치고 있는가?

오랜 생각 끝에 얻은 결론은 고용안정이라는 생각이 들었다. 마흔 이상의 선배들이 월급이 마냥 아쉽거나 여가 시간이 없어서 나에게 이직을 권유하는 게 아니었다. 그들은 자신이 일을 그만두고 난 뒤 어떻게 살아가야 하는지에 대한 불안이 있었다. 보통 쉰 정도가 되면 회사에서 잘릴 생각을 한다고 했다. 즉, 내가 지금 하고 있는 이 일을 언제까지 할 수 있을지 모른다는 것이 그들에게 가장 큰 고민이었다.

결혼을 해서 아이를 가지고 대학교까지 다 보낸다고 하면 약 25년의 시간이 필요하다. 결혼을 그렇게 서둘러 하지 않는 요즘, 만약 내가 33

세에 결혼을 해서 아이를 가지게 된다면 60세 가까이, 즉 정년까지 다녀야지만 한 아이를 안정적으로 키울 수 있는 것이다. 한참 아이들이 클 나이지만 언제 칼바람이 불어올지 몰라 불안한 시간들을 보내는 선배들을 생각해 보면 그놈의 '공'자가 어디서 왔는지 이해가 되었다. 나이가 들면, 전문성은 올라가지만 근속년수도 늘어가며 소위 '비싼' 몸이 된다. 그렇게 나이가 죄가 되어 버린다. 가족을 위해 열심히 살아가는 가장들은 오늘도 노란봉투를 받지 않기 위해 애쓰고 있다.

81 내 삶, 이대로 괜찮을까?

그렇다면 내 개인의 입장에서는 이 회사를 계속 다니는 게 맞을까? 이것 또한 입사 초기부터 매번 고민하던 부분이다. 어느 선배의 말을 인용하자면 회사에서 바라보는 세상은 잿빛이었다. 아무런 색 없이 그렇게 돌아가고 있는 기계들 같다는 생각이었다. 이렇게 수많은 기계 부품 속에서 나의 개성과 자아는 사라지고 어떤 일을 위한 사람으로 변한다. 물론 이것은 공학을 전공했지만 엔지니어가 싫은 나이기 때문이다. 계속해서 하루하루 일하며 주말을 기다리고 주말은 날 위해 쓰고 또 다시 평일에 주말을 기다리는, 무언가를 기다리기만 하는 쳇바퀴 도는 삶을 살아간다면 무엇이 남을까? 반년마다 그동안의 이야기를 적는 내 글에는 더 이상 적을 이야기가 있을까? 그럼에도 살아갈 가치가 있을까? 답이 없는 질문은 꼬리에 꼬리를 물어 나를 괴롭힌다.

인생 별거 있냐는 요즘 트렌드인 '소확행'을 알리는 시중의 많은 책을 읽어 보긴 하지만 그 순간에는 '그래 인생 뭐 있어? 단순하게 살자.' 해도 뒤돌아 시간이 조금만 흘러보면 그냥 그것은 내 마음을 일시적으로 치유해 줄 일회용 밴드에 지나지 않았다. 하루하루 별일 없이 살아가는 내 안정된 삶에 감사하다가도 울컥하는 건 어쩔 수 없나 보다.

82 한여름의 꿈

예전부터 하고 싶었던 재능교환이라는 플랫폼으로 창업을 시작하였다. '난 창업을 할 거야!'로 한 것이 아니라 우연한 기회에 창업 이야기가 나와서 '재밌을 거 같은데 한번 해 볼까?'라는 말이 출발선이었다. 아이템도 정하지 않고 창업이라니 기가 막힐 노릇이었지만 그래도 내가 해보고 싶은 게 있었기에 방향을 잡을 수 있었다. 혼자였다면 절대 불가능했겠지만 함께 일해 오던 믿을 만한 친구들이 있어서 할 수 있다고 생각했다.

10개월의 시간 동안 정신없이 살았다. 책상에 앉아 열심히 씨름하며 아파하던 그때가 아니라 하고 싶은 걸 하며 순수한 행복과 즐거움에 빠져 있었고 그 즐거움에 미쳐 있었다. 울타리 안에서의 나와 다르게, 내가 하고 싶은 걸 열정적으로 할 때의 난 너무나 행복한 사람이었고 몸은 피곤할지 몰라도 그저 가슴 두근거리며 행복했다. 하루가 끝나고 나서 집에서 또 다시 제2의 하루를 열었다. 매일 밤늦게 고민하고 주말도 없다시피 살았지만 그래도 행복한 나날들이었다.

전부터 사람이 자신이 가진 재능으로 누군가를 가르치고 또 무언가를 배우는 것에 많은 관심이 갔다. 그렇게 된다면 비싼 돈으로 무언가를 시작할 필요도 없고 사람과 사람이 만나며 분명 더 윤택한 삶을 만들 수 있을 거라고 믿었으니까. '비전문가를 위한 재능교환 플랫폼'이라는 이름을 걸고 시작하였다. 시간이 흐르면서 '사업'이라는 이름인 만큼 내가 하고 싶은 걸 하는 것도 중요하겠지만 결국에는 '어떻게 수익구조를 만들

것인가?'가 정말 중요하다는 걸 깨달았다. 하고 싶은 것만 생각해서 시작했던 나였기에 이 부분은 아킬레스건과 같았다. 아무리 그럴싸한 이유와 아이디어가 있다고 해도 수익구조가 좋지 않다는 것은 언젠가 멈춰질 자동차와 같았다. 국가 지원 사업에서 여러 번 수상도 하며 긍정적으로 생각했지만 어느새 우리는 지쳐 가고 있었다.

내가 잘 이끌어 가야 한다는, 성공해야 한다는 생각에 많은 부담을 가졌고 결국 견디지 못하고 멈추게 되었다. 한 2주 동안 생각을 하고 싶다고 했다. 그리고 혼자서 여행을 떠났다. 보통 생각을 정리하기 위해서 떠난다고 하지만 대개 경험한 바로는 생각을 버리게 되는 것 같다. 생각에 묶이지 않고 멀리 떨어져 있다 보면 자연스럽게 내 마음이 어떤지 뭘 선택할지 보였다. 이번에도 혼자서 시간을 가지며 여러 가지가 정리되고 다시 돌아갔다. 그리고 2주가 흐른 뒤, 멤버들에게 연락을 했다. 내 스스로 가진 결론은 '다시 한번 힘내서 해 보자.'였다. 하지만 내가 들은 대답은 기대와 달리 이제 그만하고 싶다는 것이었다. 상황과 이유가 너무 설득력 있다는 걸 알았기에 잡을 수도 없었다. 그렇게 꿈꾸던 1년이 끝나 버렸다.

그래도 괜찮을 거라고 생각했던 것과 달리 많이 아팠다. 더 이상 내가 무엇이 되고 싶은지 모르는 나는 더 이상 가슴 두근거리지도 즐겁지도 않았다. 늘 만나던 사람들도 보기 싫어졌다. 나는 아직 지극히 평범해질 일상을 사랑할 자신이 없었다.

힘든 시간이 모두 지나고 깨달은 것은 삶은 연속적이며 성공과 실패 후에도 변함없이 계속된다는 것이다. 어차피 계속되어야 하는 것이라면 과거에 사로잡혀 마냥 아파하기보단 내가 거기서 무엇을 얻었는지 생각해 보고 어떻게 더 잘살아 볼지 고민하고 싶다. 그러니까 그런 피드백을 준 소중한 경험을 '실패'라고만 규정하고 싶지 않다. 나는 그것을 경험의 피드백이라고 하고 싶다. 현재의 나는 과거의 무수한 생각과 경험들이 만들어 낸 결과물이며 전보다 조금은 더 성장하고 있다고 믿는다.

83 아픔

약속을 잡고 기다리고 있는데 갑자기 시간이 지나고 '깜빡했다.'라는 소리를 듣는다. 혹은 언제 만날지 약속을 잡던 중에 메시지를 읽었음에도 갑자기 답이 돌아오질 않는다.

꿈꾸던 일이 끝나고 한참 힘들 시기에 이런 일이 겹쳐서 일어났다. 평소 같았으면 상처도 아닌 일인데 힘든 시기에는 이런 조그마한 것도 나를 힘들게 했다. 사람들을 더 이상 보기 싫어졌다. 모든 인간관계든 일이든 '우선순위' 개념이 있다고 생각한다. 나는 그들을 높은 우선순위에 두고 신경을 썼는데 그들에게 난 우선순위 저 먼발치에 있었다. 사람 마음이야 당연히 정도가 각기 다르니 내가 그들을 신경 쓴다고 해서 그들이 신경 써야 할 의무는 없다. 하지만 적어도 그 예의 없음은 나를 아프게 했다.

두 달 동안 전혀 사람을 만나지 않았다. 그리고 주변을 정리하기 시작했다. 꽤 긴 시간 동안 외국생활을 해 오면서 그래왔다. 사람 때문에 내가 상처받는 게 싫어서 그 불공평한 마음을 정리해 왔다. 어쩌면 나약한 방법이었지만 적어도 나에게는 덜 아프도록 하는 효과적인 방법이었다. 단순하게 '앞으로 연락하지 마.'라며 연을 끊는 것은 아니다. 그들이 나를 필요로 하면 언제 그랬냐는 듯이 반길 수 있지만 마음먹은 기준에서부터는 내가 먼저 애쓰지 않는다는 뜻이다. 그렇게 하니 마음이 편해지고 나를 아껴 주는 사람들에게 더 잘할 수 있었다. 주는 마음에 대가를 요구하는 건 안 되지만 적어도 알아주는 사람들에게 마음을 주고 싶다.

조급해하지 말고 괜찮을 때까지 치유하고 또 다시 돌아가면 된다. 아픔과 슬픔 그리고 행복, 이 모든 걸 주는 사람들 속으로.

84 돌아가다

혼자 긴 시간을 보내던 중 한 동생에게서 책 선물을 받았다. 안에 포스트잇에 무언가를 적은 쪽지가 있었다.

1. 항상 자신을 소중히 생각할 것
2. 세상 모든 일을 나의 책임으로 돌리지 말 것
3. 어떤 과정과 결과이든 수고한 나에게 먼저 토닥이고 안아주고 위로해 줄 것
4. 마음의 짐은 묵혀 두지 말 것
5. 모든 것에 소중히 겸허히 그리고 조금은 가볍게 시선을 돌려 볼 것

6. 주위에는 내 생각보다 나를 믿고 응원하는 사람이 매우 많다는 것
   을 잊지 말 것

  너무나 힘이 되는 말들이었다. 하나씩 읽을 때마다 스스로에게 너무 엄격했던, 모든 걸 짊어지려고 했던 내 모습이 스쳐지나갔다. 그동안 왜 이렇게 혼자서 앓았던 걸까. 늘 부족하다고 생각했던 내가 매번 새로운 환경에서 외국생활을 할 때부턴 외로움과 힘듦 모두 홀로 견뎌내는 강인한 사람이 되어야만 했다. 오랜 시간동안 그래왔기에 꾹 참는 데 익숙했으며 힘겨워도 남에게 잘 털어놓지도 기대지 못했다. 연달아 겪었던 상실과 함께 상처받기 쉬운 나약한 사람이 되어 있었다. 그런 나를 누군가가 먼저 알아봐 주며 진심으로 위로해 주고 있다는 생각에 마음이 벅차올랐다.
  특히 주위에는 내 생각보다 나를 믿고 응원하는 사람이 매우 많다는 말이 큰 힘이 됐다. 책 또한 내 상황에 맞는, 아픈 마음을 달래줄 수 있는 따뜻한 책이었다. 단순하게 책을 선물한 것이 아니라 나에게 무엇이 필요할지 고민한 게 느껴져서 더 뭉클했다. 이 따뜻한 마음 덕분에 연고를 바르듯 아픈 상처가 빠르게 아물어 갔고 다시 사람들이 보고 싶어졌다.
  힘들 때 듣는 따뜻한 말이 얼마나 큰 힘이 되는지 느꼈다. 내가 받은 그 따뜻한 마음만큼 나도 지친 사람들에게 먼저 손 내밀며 다시 일어설 수 있게 하는 사람이 되고 싶어졌다. 몇 주 뒤 다시 예전처럼 지내기 시작했다. 내 마음은 예전보다 더 단단해졌고 전과 같이 행복해졌다. 힘이 된 모든 사람들을 잊지 않으려 애쓴다. 시간이 흘러 또다시 힘겨울지도

모르겠지만 그들을 생각하며 다시 웃고 싶다.

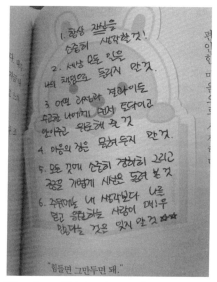

힘들 때 듣는 따뜻한 말이 얼마나 큰 힘이 되는지 느꼈다.
내가 받은 그 따뜻한 마음만큼 나도 지친 사람들에게
먼저 손 내밀며 다시 일어설 수 있게 하는 사람이 되고 싶어졌다.

85 에펠탑의 그녀

많은 것을 정리하고 다시 일어서기 위해 떠난 여행의 마지막 종착지
는 파리였다. 처음으로 본 그들과 에펠탑이 꺼지고 새벽 3시가 되도록
시간 가는 줄 모르고 이야기를 나눴다. 만남은 짧았고 또 그렇게 헤어져
야 한다는 사실에 아쉬움이 밀려왔다. 그 시간이 너무나 즐거워 그렇게
매일 밤 에펠탑으로 향했는지 모른다. 에펠탑에서 많은 사람들을 만났

지만 그중에서 가장 인상 깊었던 것은 사는 듯이 여행하던 그녀였다. 고등학교 때 제2 외국어로 프랑스어를 배웠는데 그때부터 프랑스가 좋았다나. 이번 파리가 두 번째라고 했다. 다른 나라에서도 여러 사람을 만나왔지만 이런 느낌을 주는 사람은 여태껏 만나보지 못했다. 세상에 정해진 룰에 너무 연연하지 않고 자기가 좋아하는 것에 대해 진정성 있게 생각해 보고 또 행하고. 어리다면 어리다고 할 수 있는 나이였지만 그런 생각을 하고 있는 게 멋졌다. 파리에게 내가 반한 이야기도 그녀에게서 들었다.

"파리는 서울의 6분의 1크기인데, 새벽에 폰에 지도를 끄고 마음 내키는 대로 걸어 보세요. 그렇게 내 마음 이끌리는 대로 걷다 보면 어느새 여러 유명한 곳에 발길이 닿을 거예요."

너무 매력적인 말이었다. 그 말을 듣자마자 파리를 떠나기 전에 꼭 해봐야겠다는 결심이 섰다. 답례로 내가 가지고 있는 재밌는 생각을 이야기해 주었다.

"자신의 책 표지에 '머물지 않는 책'이라고 적고 한 페이지 뒤에 이 책을 가지게 된 사람들의 이름을 적는 거예요. 데스노트처럼 규칙이 있는 거죠. 〈이 책을 절대 머물게 하지 말 것〉처럼? 그렇게 이 책은 계속해서 다른 사람들의 손을 통해서 여행하게 되고 많은 사람을 스쳐 지나가겠죠. 그래서 가장 1번인 내 이름에 카카오톡 아이디를 적는 거예요. 가끔

이 책이 어딜 여행하고 있는지 알려 달란 거죠."

재밌는 생각이라고 폰에 기록하길래 내심 기분이 좋았고, 돌아갈 즈음에 제안을 했다.

"말해 준 거 파리를 떠나기 전에 한번 해 볼게요. 대신에 내가 말한 거 한번 해 보기 어때요. Deal?"

"Deal."

훗날 자신의 책이 나오면 하겠다고 약속하였다. 정말 다 이루어질지는 모르지만 이것 또한 내가 좋아하는 재밌는 상상이다. 이게 내가 사는 힘이니까.

마음속에 남은 또 다른 이야기가 있다. 감성에 젖은 채 에펠탑을 바라보다가 불현듯 그들에게 물어보았다.

"여행이 사람의 인생을 바꿀 수 있을까요?"

같이 있던 분이 이렇게 말했다.

"인생이 여행을 바꾸지 않을까요?"

그 당시에는 이해되지 않는 말이었다. 여행은 삶의 조그마한 일부라 '바꾼다'라는 말이 어울리는 것 같다고 생각하는데, 나의 전체적인 것인 인생이 조그마한 여행을 바꾼다니 말이 이상하다고 생각했다. 하지만 며칠이 지나 새벽에 파리의 거리를 걸을 때 이런 생각이 들었다.

'어쩌면 그 말이 맞을지도 모르겠다. 내 인생의 모든 게 더해져서 이 여행에 표현이 되겠구나. 내가 어떤 사람인지, 뭘 좋아하는지. 멋진 인생이니 여행도 이렇게 멋지게 할 수 있는 걸 거야.'

많은 걸 느낀 깊은 밤이었다.

이틀 뒤, 파리에서 항상 그랬던 것처럼 에펠탑의 빛이 사라질 때까지 잔디밭에 머물다가 폰을 끄고 느낌대로 파리 시내를 걷기 시작했다. 처음 출발지부터 동서남북 무작위로 골라 걷다가 이 거리 느낌 좋다, 예쁘다고 생각했는데 그게 바로 샹젤리제 거리라는 걸 알고는 깜짝 놀랐다. 정말 마음 가는 대로 걸었는데 마법같이 이 길이 눈앞에 있다니. 낮에 그렇게 복잡해 보였던 개선문도 새벽에는 거의 사람이 없어서 마치 이 도시를 내가 새벽 동안 전세 낸 기분이 들었다.

옛날과 달리 구글맵 같은 걸로 목적지에서 목적지까지 이동하느라 그 사이 공간들을 무의미하게 보는 경우가 많았는데 목적 없이 걷는다는 것은 주위 모든 공간과 순간이 의미가 되는 것이었다. 여행에는 셀 수 없을 만큼의 방법이 있다고 생각한다. 나는 내 방식대로 여행을 해 왔지만, 타인에게서 듣는 그 도시의 느낌, 좋았던 것, 그리고 여러 생각들이 또 다른 관점이 되어 새로운 것을 느끼게 한다. 역시나 인생이 여행을 바꾼다는 건 맞는 말이겠다.

86 부다페스트, 야경

겔레르트 언덕 위에서 꿈에 그리던 부다페스트의 야경을 보게 되었다. 버킷리스트였던 〈예쁜 야경을 바라보며 볼빨간사춘기의 '야경' 듣기〉에 딱 맞는 예쁜 야경이었다. 한참 야경을 바라보다가 수많은 사람들 속에서 이어폰을 꽂고 노래를 들으며 가사를 곱씹어 보았다.

"아름다워 눈이 부셔 눈을 깜빡이며 작은 손을 뻗어 저 푸른빛도 너일 거야 너였을 거야… 빛나는 star light beautiful night 네 곁에 서서 오래도록 아름답게 밝혀 주고 싶어…"

이 아름다운 야경을 누군가와 함께 나누고 싶다는 가사의 감정에 내 마음도 젖어 갔다. 이내 조금은 울렁거리며 마음이 아파왔다. 나도 이 아름다운 야경을 누군가와 함께 나누면 얼마나 좋을까. 나누고 싶은 사람이라도 있다면, 이 아름다운 야경을 보며 행복한 상상에 빠질 수 있을 건데. 하지만 그럴 사람도, 떠오르는 사람도 없었다. 차라리 짝사랑이라도 있었으면 이렇게까지 슬픔에 젖어들지도 않았을 거 같다. 사랑하는 사람이 없다는 것. 가끔 날 쓸쓸하게 만들었다. 야경을 바라보는 주위의 행복해 보이는 사람들 틈에서 작아져 갔다.

만남이 있고 헤어진 후에도 여전히 잘 지냈다. 연애가 주는 기쁨도 크고 좋았지만 혼자가 되어서 느끼는 기쁨도 컸다. 얻는 게 있으면 잃는 게 있듯이, 잃는 게 있음으로써 얻은 것 또한 있었고 그것은 또 다른 내 삶의 방식이 되었다. 주말에 나를 위한 온전한 시간이 있는 것도 좋았고 그동안 하고 싶었지만 접어놓았던 걸 할 수 있는 것도 좋았다. 하지만 문득 부다페스트의 그 밤에 느꼈던 감정이 나를 덮을 때가 있다. 혼자이고 자유로운 삶도 좋지만 내가 좋아하는 사람조차 없다는 무미건조한 삶이라는 게 느껴질 때마다 마음이 따끔거렸다.

내가 욕심이 없는 사람이었다면, 조금만 더 생각이 없었더라면, 더 좋은 사람이었으면 어땠을까. 그랬다면 너무 애쓰지 않고 살아갔을까. 그것이 행복으로 이끌이 있을까. 가끔은 정착하지 못하고 어디론가 표류하는 배 같은 내가 안쓰러웠다.

87 파리의 크루아상

해 보고 싶은 걸 상상하는 걸 좋아한다. 또한 그 상상을 실제로 만드는 것도 좋아한다. 이번 여행에서도 언젠가 머릿속에 그려 보았던 몇 가지의 버킷리스트들을 해 보기로 마음먹었다. 세상에서 가장 비싼 밥 먹어 보기, 좋아하는 노래 들으며 야경 보기 그리고 마지막 하나가 남아 있었다.

여행 마지막 날 아침에 알람까지 맞춰 가며 일찍 일어났다. 여러 장소를 부지런히 걸어 다니느라 피곤했기에 아직 해가 채 다 뜨지도 않은 아침 6시 20분은 너무 이른 시간이었다. 그럼에도 알람까지 맞춰 가며 일찍 일어난 건 바로 아침 7시에 베이커리에 가서 가장 처음 나온 따뜻한 크루아상에 커피를 마시기 위해서였다. 어떻게, 왜 내 마음속에 있게 되었는지 정확한 기억은 나지 않지만 2년 전 스페인에서 순례자의 길을 걸을 때 언젠가 파리에 가게 된다면 꼭 해 봐야겠다고 생각했었다. 그 이후에 구체적으로 상상도 해 보았다. 테라스에서 한껏 상쾌한 아침 공기와 함께 갖나온 크루아상에 향긋한 커피를 마시고 주위에는 나이 지긋한 할아버지들이 커피 한잔에 신문을 읽으며 소소한 대화를 나누며 TV엔 아침을 알리는 뉴스가 흘러나오는 아침.

구글맵에서 숙소 주위에 있는 브랑제리를 검색해 찾아갔다. 동이 트기 전의 선선한 아침엔 특유의 상쾌함과 얕은 푸른빛이 맴돌았다. 이제막 하루를 준비하는 몇몇 가게들을 보니 함께 아침을 여는 듯해 기분 좋았다. 가게 안으로 들어갈 때는 심지어 설레기도 했다. 지난 밤 에펠탑을 보며 와인을 마실 때 들었던 파리지앵처럼 에스프레소와 함께 먹어보라는 말이 생각나 에스프레소도 한잔 시켰다. 해맑은 점원의 미소에 덩달아 미소가 지어졌고 빵을 사러오는 사람들을 보니 그들의 아침을 잠시나마 공유 받는 듯했다.

브랑제리는 상상해 오던 모습과 달랐지만 너무나도 원했던 순간이기에 더할 나위 없이 행복했다. 단순하게 아침에 일찍 일어나서 크루아상을 먹은 거라면 보통 빵에 지나지 않았을지 모르겠지만 그 순간만큼은 영화 〈김씨 표류기〉에서 주인공이 오랜 기다림 끝에 만든 짜장면을 먹으며 눈물을 흘렸듯이 나에겐 꿈같은 시간이었다.

크건 작건 꿈이라는 건 정말 소중하다. 계속해서 구체적인 행복을 상상하고 또 그 순간을 정말로 마주하며 살았으면 좋겠다. 지금처럼.

현실이 꿈을 만나는 순간.
이 모든 상상은 조금 더 즐거운 삶을 만든다.

88 적는 습관

학교 교양수업에서 교수님이 '나의 자서전 적기' 과제를 내 준 적이 있
었다. 과제를 하며 처음으로 20년 동안 내가 어떤 사람이었는지 어떻게
살아왔는지 진지하게 생각해 보았다. 무난하게 살아온 인생이지만 나에
게도 오르락내리락하는 많은 굴곡이 있었다. 그 굴곡들을 하나씩 곱씹
으며 솔직하게 적어 내려갔다. 게임을 좋아했던 나, 초등학교 때 순수하
게 좋아했던 아이, 어릴 때부터 느꼈던 열등감, 아팠던 엄마, 철없이 지
냈던 학창시절 등 많은 것들이 나를 스쳐 지나갔다. 어렵사리 적어내려

간 글에는 타인에게 말하지 못한 진심이 담겨 있었고 그 글은 나를 위로하며 큰 힘이 되었다. 그때부터 내 이야기를 계속해서 남기고 싶어 반년마다 글을 갱신해 오고 있고 벌써 7년의 시간이 흘렀다. 글로 하는 기록의 좋은 점은 사진이 남기지 못하는 몇 년이 지난 내 감정과 생각을 불러올 수 있다는 것이다. 단순히 사진을 볼 때면 그때가 좋았는지, 힘들었는지는 기억나지만 구체적으로 어땠는지는 잘 기억나지 않는다. 글에는 당시의 생각과 감정이 모두 남겨져 있다.

또한 우리는 많은 기억을 사진에 의존하곤 하는데 사실 사진이 찍힌 순간들도 있지만 그렇지 않은 순간들도 매우 많다. 사진으로 남겨지지 않은 순간들은 시간이 흐르면서 왜곡되거나 잊히기도 한다. 그렇기에 글로 하는 기록이 더 소중하게 느껴진다.

반년간의 이야기를 써내려 갈 때면 이리저리 찍은 사진들과 블로그 포스팅도 보며 이때 무슨 생각이 들었고 이때 어떻게 했는지 복기하곤 한다. 채워 내려가는 내용이 많을수록 '그래 이번에도 잘 살았구나.'라며 도닥였다. 나를 아는 것만큼 중요한 건 없다고 생각한다. 바쁜 세상 속에 내 속 들여다보기가 이렇게 힘든 요즈음 반년에 한번이라도 이런 시간을 가져 보면 어떨까 싶다. 힘들면 힘들었던 대로 기쁘면 기뻤던 대로 나에게 힘을 가져다주니까.

적지 않은 시간 동안 글을 적어 오며 언젠가 내가 적은 글들로 책을 내고 싶었다. 아직까지 나의 이야기는 마침표도 쉼표도 아닌 그 중간 어딘가에 있기 때문에 과연 시작해도 되는지 잘 모르겠지만 그래도 일단 발이라도 떼어 보고 싶었다.

89 책을 쓰다

과테말라에서 만난 지인(그것도 우연히 같은 도시에 사는)이 독립책방을 한다는 소식을 들었다. 인사할 겸 찾아간 책방에서 여러 독립출판물을 접해 보니 책이라는 게 꼭 거창하고 대단한 메시지를 전달할 필요는 없다는 생각이 들었다. 매일 출근길에 적은 글도 자기 여행일기도 모두 소중한 한 권이 되어 책장에 꽂혀 있었다. 다시 찾아간 책방에서 여러 책을 살피며 고르다가 책 한 권을 샀다. 《틈만 나면 살고 싶다》라는 평범한 사람들의 이야기였다. 딱히 잘날 게 없는 평범하고도 너무 평범한, 어쩌면 평범보다는 힘든 삶을 살아가는 사람들의 이야기였다. 평소에 인기작가의 베스트셀러만 줄곧 읽어 오던 나에게는 아주 신선하게 다가왔다. 오히려 유명인사가 아니라 평범한 사람들의 이야기이기에 읽는 내내 그들의 마음이 사무치는 듯 가슴이 울렸다.

비슷한 시기에 학교 후배가 인스타그램에 올린 글을 읽었다. 깊은 밤, 서울에서 오랜만에 만난 지인들과 시간을 보내고 있던 중 무심히 그 글을 읽어 내려갔다. 이미 몸속에 녹아든 알코올 때문에 심장이 쿵쿵거리던 나였지만 이내 스크롤을 아래로 내려가면서는 더욱더 요란해졌다. 그 글이 너무 설레었고 그때의 감정이 잘 느껴졌다. 비록 내가 경험하지 못한 이야기였지만 그의 감정이 내 가슴에 콕콕 박히는 듯했다. 이렇게 읽기만 해도 두근거리게 하는 글이라니, 너무 좋았다. 문득 생각이 날 때마다 꺼내 읽어 보았다. 참 좋은 글이었다.

크리스마스 시즌에 맞춰 혼자 파리에 도착해서 밤에 오들오들 떨며 보던 첫 에펠탑 사진. 프랑스의 겨울답게 하루에 여러 계절을 느낄 수 있던 시간들. 추웠다가 맑았다가 잠시 햇살이 떠서 기분이 들떠서 산책하다가 갑자기 비가 왔지만 우산을 펴기보단 "금방 그치겠지, 비 냄새 좋다." 콧노래 부르며 신나게 걸었었다. 에펠탑에 불 켜지는 순간부터 새벽 1시에 하얗게 반짝이는 타이밍까지 땅에 물기가 가득한데도 걸었다가 근처에서 저녁을 먹으면서 또 바라보고, 배불러서 저 근처를 돌아다니다가 추워서 카페에 들어가 케이크를 먹으며 앉아서 가만히 에펠탑을 바라보는데 시간 가는 줄 몰랐었다. 보고 또 봐도 예뻐서 똑같은 에펠탑을 몇 번이나 찍었는지 모른다. 매시간 볼 때마다 다른 생각, 새로운 느낌이 들어서 신기했다.

주위에 온통 크리스마스 분위기로 나를 설레게 하고 내가 지금 이 순간 여기에 있음에 너무 감사하고 행복했다. 나를 포함한 모든 사람의 표정이 행복해서 추위도 잊고 이른 아침부터 밤늦게까지 혼자 돌아다니며 내가 파리에 왔다는 걸 흠뻑 느끼고 싶어 했던 내가 또렷하게 생각나는 사진이다.

사진이나 동영상을 보면 그때 그 분위기, 내가 그때 했던 생각, 내가 그때 보고 싶던 사람, 그리고 내가 느끼던 그때의 감정이 생생하게 기억나는 편이다. 그래서 머릿속의 사진첩 중에서 내가 떠올리고 싶은 기억을 자주 꺼내 보는 편인데 2월을 맞이하면서 새학기, 봄, 시작이란 단어가 떠올랐다. 내가 그렇게 보고 싶어 했던 에펠탑을 '처음' 보며 했던 생각들을 돌이켜 보고 싶었나 보다. 그리고 그때와 지금의 나는 어떤가 생각하게 됐다. 그러니 자연스레 내가 놓쳤던 것, 하고 싶은 것, 좋아하는 것, 고 쳐야 하는 점, 놓아야 하는 것, 믿는 것, 잘하는 것 그리고 사랑하는 것에 대해 분류를 했다.

조금 흐리지만 여전히 예쁜 밤하늘을 새벽 내내 보면서 결론이 났다. 내가 아끼고 사랑하는 것에 대해서 최선을 다하는 것에 후회가 없고 꾸 준한 관심을 주며 소중하게 여기고 싶다는 것에 변함이 없다는 걸 느꼈 다. 그래서 언제든 꺼내서 볼 수 있게 정리할 수 있는 방법이 뭘까 하다가 다이어리는 나만의 다짐으로 그칠 수 있을 거 같았다…

《틈만 나면 살고 싶다》를 다 읽어 갈 때 쯤, 밥을 먹다가 문득 이런 생 각이 났다. 저 책과 같이 우리 주변의 평범한 사람들의 진솔한 이야기를 후배의 다이어리처럼 꾸려 보면 어떨까? 가슴이 두근거렸다. 적고 싶어 졌다. 대단하거나 멋진 삶이 아닌 극도의 평범함 속에서도 어떠한 가치 와 의미를 찾을 수 있을 거란 생각이 들었다. 아빠에게 가장 소중한 사 진 한 장을 고르라고 하면 그 사진은 무엇이 될지가 궁금했고 그 사진에 담긴 의미가 궁금했다. 주위의 여러 사람들의 이야기도 너무나 궁금해 졌다. 후배에게 전화를 걸어 함께 글을 적어 보겠냐고 물어보았다. 그리 고 자신 또한 너무 해 보고 싶었다고 너무 기쁘게 말해 주었다. 그렇게 적기 시작했다.

녹록지 않은 삶의 무게에 처음 집필을 시작할 때와 달리 현재는 함께 적지도, 다른 사람들의 이야기를 적고 있지도 않지만 그 동생의 글이 내 가 무언가 적을 수 있게 힘을 준 건 틀림없었다. 다음 책은 다른 사람들의 이야기를 다룰 수 있지 않을까? 즐거운 상상을 해 본다.

90 직장과 삶을 유지하는 법

일을 하면서부터는 삶이 단조로워졌다. 하고 싶은 일은 머릿속에 가득하지만 퇴근하고 나면 저녁 8시. 이론적으로는 무언가를 할 시간이 있다. 다만 하루 종일 일에 치이고 왔는데 더 이상 생산적인 일을 하고 싶을 턱이 없다. 내 머릿속에도 계획은 가득하다. 운동하기, 외국어 공부하기, 책읽기, 글쓰기, 영상편집 등. 하지만 현실은 녹록지 않다. 일에서 돌아온 나는 보통 무엇을 할까? 인스타나 유튜브를 뒤적거리며 시간을 소비한다. 허비한다는 표현을 쓰고 싶지 않다. 하루 종일 일하고 왔는데 저녁에 몇 시간조차 내 맘대로 하지도 못하면 그게 삶인가! 퇴근 후 또 무언가를 하는 건 대단한 사람이고, 나는 보통사람 정도로 해 두자.

여가시간에 일에서 벗어나 충분히 놀아야 하지만 뭔가를 하고 싶은 욕심도 있으니 늘 시간이 모자라는 느낌이다. 더군다나 하고 싶은 게 하나가 아니라면 더욱더 빠듯하다. 일을 시작하고 처음에는 이리저리 많이 손대 보다가 이제는 더 이상 무언가 꾸준하게 하는 게 쉽지 않다는 생각이 들었다. 그때부터 하고 싶은 것들에 대한 우선순위를 정하기 시작했다. 한 가지를 평생 동안 할 생각은 아직까지 없으므로 '프로젝트'라는 이름을 붙이기로 했다.

우선순위대로 한 프로젝트씩 하자. 내 삶에 부담을 높이고 싶지 않기에 하나를 꾸준히 하도록 마음먹었다. 20대가 끝나는 시점에서 10년을 돌아볼 수 있는 이야기를 먼저 쓰고 싶었고 지금 적고 있다. 집필이 끝나게 된다면 그 다음 프로젝트로는 예전에 공부했던 스페인어를 마무리할 겸으로 스페인어 자격증을 준비해 보고 싶다. 그 다음에는 영상편집을 본격적으로 해 보고 싶다. 이 세 가지를 하는 것만으로도 3년 이상이 걸릴지도 모른다. 하지만 좋은 건 분명 내가 어딜 항헤 기고 있는지 큰 그림과 방향이 보인다는 것이다.

열심히 말고 꾸준하게 하자. 처음 글을 적기 시작했을 때 연말까지는 끝마치겠다고 다짐했다. 그렇게 시간을 정하자 마음이 조급해졌다. 퇴근을 하고 나면 마음 편히 쉬곤 했는데 집에 와서도 야근하는 것처럼 의무감으로 적었다. 즐거운 마음으로 시작한 일이 더 이상 즐겁지 않게 되었다. 그래서 시간을 정하지 않기로 했다. 퇴근하고 와서 적고 싶으면 적고, 아니면 말고. 주말에도 따로 '오늘은 무조건 글을 적을 거야.'가 아니라 충분히 쉬고 놀다가 남는 시간이 있으면 적었다. 적고 싶은 날에는 하루 종일 적기도 하고 안 적을 때면 몇 주 동안이나 열어 보지도 않았다. 이렇게 하니 마음에 부담도 가지지 않고 남는 시간을 의미 있게 쓸 수 있으니까 좋다.

혹시 너무 촘촘한 계획을 세우고 며칠간 해 보다가 지쳐서 손을 놓고 있진 않은가? 그렇다면 따로 시간을 만들지 말고 남는 시간을 이용하여 꾸준하게 하면 어떨까 싶다. 나 역시 서두르지 않고 1년 2개월 동안 꾸준하게 적으니 나도 모르는 사이에 꽤나 긴 글이 되었다. 순간은 짧지만 그 순간들이 꾸준히 모여서 만드는 결과물은 꽤나 풍성하다. 자신에게 부담은 주지 말고 남는 시간에 내가 하고 싶은 게 뭔지 생각해 보자. 그리고 아주 천천히 시작해 보자.

91 숙제는 그만

사회인이 되고 나서부터 '우리 마지막으로 만난 지 몇 달이나 됐으니 한번 뭉치자!'와 같은 이유로는 지인들을 만나지만 별 목적 없이 자주 만나 밥을 먹거나 놀지 않는다. 아마 이것은 전과 달리 개인에게 주어진 여가시간이 전에 비해 턱없이 작아졌기에 필요한 만큼의 만남만 하는 게 아닐까 싶다. 친구들과 만나도 직장 얘기, 연애 얘기 등 어쩌면 우리 나이에 당연히 나올 만한 이야기가 나온다. "누구는 거기 들어갔다더라." "누구는 연봉이 얼마라더라." "걔는 아직 준비하고 있다며?"와 같은 클리셰가 쏟아지는데 어쩐지 마냥 달갑지는 않다. 후배를 만나더라도 취준생의 설움이라는 주제로 이야기가 대개 흘러간다.

분명 학생일 때는 대화가 그렇게 즐거웠는데 지금은 이야기의 주제라도 주어진 듯 어딘가 틀에 박혀 있다. 어쩌면 그럴 수밖에 없는 이유는 '일을 하는 것'이 삶의 큰 비중을 차지해 버려서 딱히 다른 이야기도 생각 나지 않기 때문일지도 모른다. 매번 이런 현실적인 이야기가 싫어서 옛날 즐거웠던 이야기를 꺼내며 "그래 그때 참 좋았었지."라며 슬며시 대화 주제를 바꾼다. 그만큼 지금은 우리가 다른 현재를 살고 있다.

사회생활을 시작하면 만나는 사람들의 범위도 좁아지고 회사-집이 반복되는 가운데 자신이 찾아서 무언가를 하지 않는 한 새로운 사람들을 만날 일도 그다지 없다. 머릿속엔 Maroon five의 'Nothing lasts forever'이라는 노래 제목이 빙빙 돈다. 영원한 건 없다는 노래제목처럼 가끔 만나는 사람들마저도 결국 멀어질 때가 오겠다는 생각에 씁쓸하기도 하다. 사람은 사회적 동물이라는데 시간이 흘러 다들 떠나고 나만 외톨이가 되면 어떡하지, 라는 생각에 불안해진다. 또한 주말을 그토록 바라지만 막상 주말에 딱히 할 일 없는 숨 막히는 공허가 싫다. 그렇기에 자연스레 '연애하고 싶다!'라며 외친다. 그만큼 사람이 주는 안정감은 큰 것이다.

가끔 고독하기도 적막이 흐를 때도 있어도 아직까지는 나의 공허함을 채워 줄 수단으로 연애를 선택하고 싶지는 않다. 어차피 일하면 만날 곳도 없다며 소개 받으라는 말에, 결혼도 때가 있다는 말에 '그래 그 말도 맞지.'라고 끄덕거리다가도 애쓰고 싶지 않다는 결론에 다다른다. 학교 다니며 스펙 쌓고, 취업해서 결혼하고, 자식들을 키우며 노후 준비하려고 태어난 게 아니다. 인생의 숙제를 해 나가듯이 살고 싶지 않다. 정답이 없는 삶에 경험해 보지 못한 미래에 불안과 물음표를 달고 살지만 아직은 '난 그래도 조금 달라.'라며 어린 투쟁을 하며 믿는 대로 살고 싶다.

92 목적 없이 방황하는

외국인과 한국인들이 함께 만나는 그룹을 운영해 오고 있다. 창업을 위해 시작했었기에 더 이상 의미가 없어졌지만 무언가에 이끌리듯 홀로 이어나갔다. 예전부터 해 보고 싶은 일이 많아 이리저리 재밌는 상상을 해 왔다. 그걸 하나씩 해 보기 위해 고민하며 새로운 것들을 하곤 하는데 그때마다 사람들이 올까 걱정도 되고 설레기도 하다. 마치 식당에 신메뉴를 개발하고 사람들이 그걸 먹어 봤을 때 맛있다고 할까 걱정하는 쉐프의 마음과 비슷하지 않을까? 사람들이 모이지 않을 때면 힘이 빠지고 실망감을 감출 수가 없지만 그래도 계속되었다.

날 좋을 때는 피크닉을 가거나 근교여행도 하고 사람들이 가진 걸 나누는 것에도 관심이 많아 서로의 여행 이야기를 공유해 보는 이벤트도 만드는 등 많은 것을 했다. 딱히 아이디어가 떠오르지 않거나 바빠서 기획할 시간이 없으면 Social Night이라는 그럴싸한 이름으로 함께 저녁을 먹거나 술을 마셨다. 대개 어떤 이야기를 했는지 기억도 나지 않을 정도로 시시콜콜한 이야기로 채워졌지만 외국친구들의 유쾌함엔 현실의 걱정과 한탄이 묻어나지 않아서 좋았다. 타지에 와 있는 그들이 여행을 하는 느낌이기 때문일까? 반복되는 일주일의 굴레 속에 답답하고 힘든 마음도 들지만 그들을 만나다 보면 나 역시도 그들과 동화되어 여행하고 있는 듯했다. 이런 상상을 좋아해 주고 와 주는 친구들이, 사람들이 있기에 조금 더 삶이 즐거워졌다.

하지만 크리스마스 파티가 끝난 뒤 친구들에게 내일부터 당분간 보기 힘들 거라는 말을 남기고 사라졌다. 파티는 성공적이었고 나 역시 기분 좋았지만 홀로 파티를 기획하며 나를 너무 혹사했기에 얼마간은 스스로를 보살피고 싶었다. 직장생활과 병행해서 모든 걸 끄떡없이 잘 해내기엔 너무 바빴다. 혼자서 다 해야 한다는 부담이, 여기에 드는 시간이 내 어깨를 짓눌렀다. 스스로를 보살피던 중 '무엇을 위해 이걸 하고 있지?' 라는 생각이 들었다. 나는 목적지 없는 길을 걷고 있었다.

허영심일지도 몰랐다. 창업이 끝난 뒤 나의 삶은 평범한 직장인에 머물러 있었기 때문에 은연중에 무언가를 하며 멋져 보이고 싶었던 게 아닐까라는 생각이 들었다. 순수한 열정이 아닐지도 모른다는 생각이 들자 부끄러워졌다.

동기부여가 없었다. 지속적으로 해 나가기 위한 동기와 목적이 필요했다. 단순히 일회성으로 내가 하고 싶은 걸 만들고 즐거우면 되기엔 정신적, 시간적 부담이 너무나 컸다. 어느 정도 시간이 지나서 괜찮아지면 다시 시작할 수는 있지만 또다시 힘들어 멈출 게 눈에 보였다.

스스로에게 물어보았다. 너의 동기가 뭐냐고. 혹은 동기가 없어도 그냥 해 보겠냐고. 긴 고민에도 답을 찾지 못했다. 보이지 않는 길을 걷다 보니 문득 다시 원점으로 돌아왔다. 앞선 헤맴이 의미가 없어 허탈해지는 원점이 아니라 본질적으로 내가 꿈꾸던 길의 시작점이었다. 내가 이걸 시작하게 된 본질적인 이유, 꿈꾸던 일이 생각났다. '발담금'. 나는 할 수 있을까? 성공이나 명성은 필요 없다. 그저 내가 믿는 가치를 작게나마 만들어 가고 싶다. 배움을 시작하는 것이 어렵지 않은 세상. 펼쳐보기도 전에 시들어 버렸기에 이렇게 미련이 남는 걸까. 역시 나는 해 봐야 아는 사람인가 보다.

93 열심히 살지 않기 전에

요즘 서점에 가 보면 트렌드가 있다. 예전에는 '성공의 비법' '노력하는 방법'이 주류를 이뤘다면 요즘에는 '열심히 하지 않기' '소확행 하는 법' '애쓰며 살지 않기' 등 대단한 성공을 바라지 않고 지금 현재 있는 그대로 행복해지는 것에 많은 중심을 두는 책들이 많다. 시대가 그렇다. 노력한다고 성공하는 시대는 한참 전에 지났다. 노력을 하지만 그 기회는 제한되어 있기에 노력을 했어도 어쩔 수 없이 경쟁에서 밀려날 수밖에 없다. 그렇다면 성공은 노력에 달려 있다는 말은 성공한 자들의 자신의 경험으로 만들어 낸 반쪽짜리 정의일 뿐이다. 노력했지만 실패한 자들의 이야기는 무대에 오르지 못하니까. 그러기에 성공하지 않아도 괜찮다는 말은 사람들을 치유한다. 물론 나도 최근에 힘든 시간을 보내며 그런 책들을 즐겨 읽었다.

하지만 이런 책들을 마냥 맹신하진 않는다. 결국 이러한 방법들도 합리화의 일종이다. (나 역시 긍정적 합리화를 즐겨하는 편이다.) 책을 읽으며 상처가 아물고 그래도 괜찮다고 생각 들게 하지만 이윽고 다시 상처가 도진다. 나 역시도 좋은 책을 읽고 '그래! 내 인생도 꽤나 즐겁고 좋아!'라고 생각했지만 시간이 지나자 그 책의 내용은 까맣게 잊어버리고 다시 아파했다. 이상하게도 그렇게 좋게 읽었던 책이 다시 손에 가지 않았다. 이미 합리화라고 생각해 버려서일까? 그래서 좀 더 근본적인 접근이 필요하다고 생각했다. 아프다는 것은 이렇게 살고 싶지 않다는 것이고 다시 말하면 좀 더 잘살고 싶다는 것이다. 그런 의미에서 자신이 원하는 걸 소망하는 건 당연하고 그걸 해야지 내가 좀 더 행복해지는 건 부정할 수 없다. 그렇기에 마냥 노력하지 않을 수도 없다.

하고 싶은 게, 이루고 싶은 게 있으면 있는 힘껏 해 봤으면 좋겠다. '하마터면 열심히 살아 보지 않을 뻔했다.' 정도 되겠다. 힘껏 달려 보는 것이 내게 더 행복해질 기회를 주는 거니까. 평생 아등바등하며 열심히 살라는 게 아니다. 적어도 내가 갈망하는 이것이 미래의 나를 지금보다 확실히 행복하게 만들어 줄 거라면 Why not? 설령 실패했더라도 최선을 다했다면 나에 대한 원망은 적어도 덜 수 있다. 그 후의 일은 우리 손을 벗어난 하늘의 영역이니까. 하지만 노력이 부재한 실패를 접했을 때의 후회는 너무나 크다.

무언가를 꿈꾸고 돌아온 누군가를 만나게 된다면 가장 먼저 물어보고 싶은 말이 있다. 있는 힘껏 달렸냐고. 노력에 대해 후회 안 할 자신이 있냐고. 그렇다고? 그럼 결과를 떠나서 꼭 안아 주고 싶다. 그래, 그동안 수고했어.

94 합리화

가끔 부모님은 내게 돈 얼마나 모았냐고 물어보신다. 적금이니 연금이니 펀드니 아무것도 하지 않아서 내가 하고 싶은 걸 할 만큼 있다는 건 알지만 정확히 얼마나 있는지는 잘 모른다. 돈이 많아서가 아니라 그냥 돈에 대한 감각이 무딘 편이다. 취업을 하고 나니까 여기저기서 삶의 다음 과제가 들렸다. 돈 관리는 어떻게 해야 하며 결혼할 때 집 한 채 장만하려면 지금부터 부지런히 모아야 하지 않겠냐고 한다. 아직 결혼 생각도 없는데 이거해야 한다, 저거 해라, 너무 미래를 위해 하라는 게 많다.

자신이 원해서가 아니라 남들이 다 하니까 불안해서 덩달아 하는 준비는 뭔가 이상하다 싶었다. 또 미래만 바라보며 살라고들 했다.

태어나서 지금까지 수많은 순간들을 더 나은 미래를 위해서 희생해 왔다. 희생이라는 말의 어감이 강하게 들릴지 모르겠지만 확실하다. 지금 젊은 세대들은 선택의 여지없이 줄곧 뒤처지지 않기 위해 안간힘 써 가며 달려가고 있다. 자신이 뭘 좋아하는지 어떻게 살고 싶은지 생각해 보기도 전에 일률적인 학업 경쟁에 시달리고 대학교에 와서도 더 나은 직장을 가지려 스펙이라는 이름하에 아등바등하며 살아간다. 머릿속에는 하고 싶은 게 넘쳐나지만 사회 전반적인 분위기에 쉽게 저항하지 못하고 못내 순응해 버린다. 취업이라는 것에도 사회가 대략 규정해 버린 나이가 있으니 내 빈 시간이 부담이 될 수밖에 없다.

한 항공사 면접을 간 적이 있다. 그 면접관이 나에게 물었다. "졸업한 지 1년이 됐는데 그 사이에 뭐 하셨나요?" 내가 만약 "하고 싶은 거 하면서 엄청 행복하게 지냈습니다."라고 말했다면 높은 확률로 떨어졌을 것이다. 이렇듯 사회는 우리 인생을 위한 공백을 인정해 주지 않는다. 그렇다 보니 우리에게 청춘은 푸른내가 나는 싱긋한 것이 아니라 시퍼렇게 멍들어 아픈 것이 되어 버린 지가 오래다. 더 이상은 지긋한 줄 세우기 경쟁도, 사회가 원하는 일률적인 미래에 대한 준비도 하고 싶지 않다.

가끔 내 미래를 걱정하는 질문을 들을 때면 지금 주어진 삶이 너무 감사하다는 생각하며 합리화를 하곤 한다. '어차피 내가 1년 더 늦게 취업했으면 지금 있는 돈보다 훨씬 적었을 거니까 이쯤 해 버려도 괜찮아.' 이렇게 생각하니 정말 괜찮아진다. 사실 이 생각은 최근에 한 것이 아니라 꽤나 오래전부터 해 왔다. 대학생 때 영어공부와 하고 싶은 걸 해 보려 2년간 휴학했다. 군대도 다녀와야 했으니 20대에서 총 4년을 휴학했고, 학교 4년에 휴학 4년이면 벌써 스물여덟 살이다.

주위에서 긴 휴학을 보며 "취업은 언제 할래?" "지금 이럴 때야?"라며 시끄러운 얘기를 많이 들었다. 그럴 때마다 흔들리기도 하지만 이렇게 생각하기로 했다. 많은 사람들이 재수 삼수 하는 마당에 휴학 2년 하고 삼수했다고 생각하면 꽤 괜찮은 거 아니냐고. 누군가가 대학교 간판을 바꿀 때 나는 새로운 경험을 하는 거니까. 그렇게 생각하기로 했다. 그러니까 놀랍게도 정말 괜찮아졌다. 이렇게 합리화는 나에게 해봐도 될 용기를 주었다.

해 볼까 싶다가도 주위의 수많은 것들이 당신을 괴롭힌다면 지금 필요한 건 용기를 가져다줄 합리화가 아닐까?

95 부모

아빠는 가난한 시골에서 태어나 20대 초반에 단 몇 푼만 가지고 돈을 벌기 위해 지금의 고향인 거제로 내려왔고 엄마를 만났다. 술을 마시면 종종 그들이 얼마나 열심히 살아왔는지 말한다. 내가 사회로 나오기 전까지는 그들이 어떻게 일을 하고 어떻게 살아왔는지 잘 몰랐고 크게 생각해 보지도 않았다. 아빠는 항상 새벽같이 나갔고 밤이 되면 돌아왔다. 또 다른 일주일은 밤이 되면 나갔고 아침이 되면 돌아왔다. 아빠의 그 시간은 '회사'라는 두 글자로 정의가 되지만 거기서 무슨 일을 하는지 어땠는지는 알지 못했다.

사회에 나온 나는 어쩌다 보니 아빠와 같은 업종에서 일을 하게 되었다. 나도 아빠도 배를 만든다. 그제야 아빠가 어떻게 살아왔는지 보이기 시작했다. 현장에 가 보니 아빠 같은 아저씨들이 보였다. 현장 사람들이 쇳가루 때문에 매일 마스크를 쓰고 일을 하는지도 몰랐다. 아빠는 이렇게 몇 십 년을 살아왔던 것이다. 그는 몇 십 년 동안 그가 무슨 일을 어떻게 해 왔는지 말해 주지 않았다. 아니 아빠는 그 얘기를 할 수 없었을 것이다. 힘들어도 말 못하고 견뎠을 그의 모습이 보여서 가슴이 아려왔다. 눈물이 날 것 같았다. 집으로 돌아가는 차 안에서 아빠가 30년 만에 처음으로 자신의 이야기를 해 주었다. 홀로 그 무거운 걸 짊어지고 살아가고 있었구나. 지금이라도 들을 수 있음에 감사했다.

회사에 살다시피 하며 가족을 위해서는 아낌없이 퍼붓지만 정작 당신을 위해서는 돈 몇 만 원도 아까워하던 당신에게 어떻게 내가 받은 사랑을 되돌려 줄 수 있을까. 목소리가 조금만 안 좋아도 괜찮은지 걱정하고, 싫다고 해도 챙겨 먹으라며 봉지를 건네는 부모의 마음을 십분의 일 아니 백분의 일이라도 갚을 수 있을까. 착한 아들이 되어야겠다고 매번 다짐하지만 그게 잘 되지 않는다. 너무나 큰 사랑을 빚져 버린 부끄러운 사람이 되어 버렸구나 나는.

존경하고 사랑하는 부모님.
어떻게 해야 내가 받은 사랑을 되돌려 줄 수 있을까.
그들의 조건 없는 희생과 사랑을 어떻게 이해할 수 있을까.

96 첫 콘서트

좋아하는 가수의 공연에 전국 방방곡곡 찾아다니는 친구가 있다. 예전에는 그저 '덕후다 덕후!'라는 생각이 들었다면 지금은 무언가를 저렇게 열정적으로 좋아한다는 게 참 멋져 보인다. 10대에는 게임과 아이돌에 빠져 보기도 했지만 20대가 되어서는 딱히 좋아하는 무언가에 심취

해 본 적이 없었기에 그 무한한 열정이 부러웠다. 나는 좋아하는 가수가 있어도 콘서트에 꼭 가고 싶다는 생각은 들지 않고 노래를 듣는 것만으로도 충분하다고 생각했다.

몇 달 전부터 볼빨간사춘기의 노래가 너무 좋아졌다. 히트곡이 있고 그 노래들이 꽤나 좋다는 건 알고 있었지만 그 외엔 관심이 없었다. 그러다 '나의 사춘기에게'를 듣고 나서는 모든 게 달라졌다. 이렇게 노래에 심취할 수 있을까 싶을 정도로 많이 들었다. 한동안은 이 노래 하나만 하루 종일 들었다. 꿈을 꾸다가 깨 버린 그때, 앞으로의 막연함과 좌절에 아파하던 나를 울게 했고 위로하며 웃게 했다. 힘들었던 지난 시간들도 많이 생각났다. 지금 행복하지 못해 외롭고 아픈 시간들을 견디던 나, 이번 아픔이 마지막이길 기도하던 내가 생각났다. 노래를 들을 때마다 멍울져 있던 생각이 떠나가고 또 찾아왔다. 곧 서른이었지만 아직 힘들고 아픈 사춘기 같았다.

노래가 좋아지니 가수가 좋아지기 시작했다. 나를 안아 준 그 노래를 부른 가수가 궁금했고 노래를 하나씩 들어보며 진정으로 이 가수를 좋아하게 됐다. 처음으로 콘서트에 꼭 가보고 싶다는 생각이 들었다. 몇 달 동안 혹시나 콘서트를 하지 않을까 싶어 가끔 인터넷에 '볼빨간사춘기 콘서트'라고 쳐 보곤 했다.

드디어 기회가 왔다. 단독 콘서트였다. 퇴근하고 수강신청을 기다리는 대학생처럼 초시계까지 준비하며 기다렸다. 역시나 내공이 부족한 탓인지 좋은 좌석들은 이미 텅텅 비어 있었고 겨우 괜찮은 자리를 예매했다. 기뻐서 데구루루 굴렀다. 난생 경험하지 못한 콘서트가 다가온다는 것에 설레었고 정말 내가 좋아하는 가수를 볼 수 있다는 것에 두근거렸다.

친한 친구들과 함께 콘서트장으로 향했다. 내가 좋아하는 무언가를 친구들과 함께 공유하는 건 거의 처음이었다. 항상 좋아하는 무언가를 혼자 하는 것에 익숙했다. 그렇기에 지금 이 순간이 너무 좋았다. 더군다나 친구들 외에도 지금 여기에 내기 좋아하는 길 함께 좋아하는 사람이 이렇게나 많았다. 처음 노래부터 끝까지 모든 게 꿈같았다. 매일 듣는 노래를 부른 가수가 눈앞에 보인다는 게 너무 신기했고 부르는 모든 노래를 알고 있을 만큼 팬이 되었다는 것에 내심 뿌듯했다. 콘서트에서 꼭 '나의 사춘기에게'를 듣는 게 꿈이었는데 나 말고도 이 노래에 위로 받은 사람들이 이렇게나 많았구나. 이런 노래를 잊을 수 있을까. 너무나 큰 힘을 준 노래, 가수. 정말 콘서트는 하나의 여행 같았다. 어느새 무언가를 한없이 열정적으로 좋아하고 있는 덕후가 되어 있었다. 삶이 조금 더 즐거워졌다.

그날 일기에 적은 문구

'완벽한 하루. 방황하던 내가 다시 두근거리며 살아가고 싶다는 생각이 들 만큼 행복한 하루였다. 계속 이렇게 살고 싶어졌다.'

97 이랬으면 좋겠다

1. 나의 타인의 대한 배려와 관심이 나보다 못한 사람에 대한 안도감 의 표현이 아니었으면 좋겠다.

2. 누군가가 큰 성취를 이룬다면 진심으로 축하하고 그 마음에 일말의 가식이 없어 돌아 내 마음을 찌르지 않았으면 좋겠다.

3. 말만 아니라 정말로 타인과 비교하지 않으며 충만한 삶을 살았으면 좋겠다.

4. 내가 행복하다는 걸 굳이 보여 주려 애쓰지 않아도 그 행복이 내 행 동, 말투, 표정으로 묻어 나왔으면 좋겠다.

5. 가지고 있는 것에 항상 감사하고 누리고 있는 모든 것이 당연한 게 아님을 알았으면 좋겠다.

6. 넓은 사람이 아니라 깊은 사람이 되어 정말 소중한 사람이 누구인 지 어떤 생각을 가지고 있는지 또 어떻게 살아왔는지 잘 알아 서로 가 기대고 얘기하고 함께 고민할 수 있으면 좋겠다.

7. 나의 가장 큰 두려움인 나를 잃는 것이 이 모든 것 중 하나라도 해 버리는 순간임을 잊지 않았으면 좋겠다.

다시 돌아간다고 해도 똑같이 살고 싶을 만큼 나의 지나온 시간들을 좋아한다. 하지만 시간이 흘러 정말 보통어른의 삶이, 불안한 시간이 시 작되었다. 사회초년생일 때 비교를 많이 했다. 늘 그래왔듯이 비교는 불 행의 시작이었다. 보다 좋은 회사에 들어간 친구, 동생들을 보면 부러웠고 내가 건네는 축하가 정말 가식이 없다고 할 수 없었다. 이전과 달리 다른 사람들이 무언가를 말하면 불안해하며 흔들리고 있었다. 딱히 당장 현재의 생활에 큰 불만과 어려움이 없는데 불구하고 이직 준비를 했다. '뭔가를 하지 않으면 안 되나? 당연히 내가 무언가를 향해 달려야 하나?'와 같은 생각이 끊이지 않았다. 불안한 나머지 스스로 생각하지 않고 흔들리고 있던 나였다.

왜 나는 직장을 다니면서도 하고 싶은 일들을 하며 살고 있는데 이토록 불안할까? 그 근원은 비교와 타인에게 인정받고 싶은 욕구에 있었다. 몇 년 전 과테말라에서 절대로 결과와 성취를 위해서 살지 말아야겠다고, 좋은 사람 멋진 사람이 되기 위해서가 아니라 나를 위해 살아야겠다고 생각했다. 시간이 지나 그렇게 살지 못하고 있는 내가 미웠다. 스스로 잘사는 듯 SNS에 올리며 그럴 듯하게 포장하고, 정말 괜찮은 게 아니라 괜찮다고 합리화하며 살아가고 있는 게 내 민낯이었다.

나의 타인의 대한 배려와 관심이 나보다 못한 사람에 대한 안도감의 표현이 아니길 바랐다. 너무 부끄럽고, 못난 모습이지만 그렇게 등수 매김하며 안도하는 내가 보였다. 홀로 중심을 잡지 못하니 타인과의 비교로 나를 안심시키며 그래도 나 정도면 괜찮다고 스스로 위로했다. 나는 왜 어른이 되지 못하는 걸까.

괜찮은 어른이 되고 싶다. 많은 돈을 벌고 좋은 차를 끄는 그런 것이 아니라 내적으로 충만한 그런 사람. 다른 사람들에게 증명되기 위해 행하는 게 아니라 내가 모든 것의 동기가 되고 타인과 비교하지 않으며 스스로 무게중심을 잡는 단단함도 가지고 싶다. 그렇지 못한다면 항상 바라기만 하다가 행복을 놓쳐 버릴 것만 같다.

결국 어른이 된다는 것은 마음의 문제다. 아직 괜찮은 어른이 되기엔 나약한 내가 내일은 조금 더 성숙해지길 바라본다.

98 20대의 마지막 문턱에서

춥지만 어쩐지 따뜻한 느낌이 감도는 12월 어느 날, 대학교 동기들과 20대의 마지막을 기념하기 위해 모였다. 식사를 마치고 도서관으로 돌아가기 전 잠시나마 여유를 느끼고파 아이스크림 하나 입에 물고 시시콜콜한 얘기를 하던 우리들이 이제는 패나 다부진 청년이 되어 있었다. 첫 순간도 중요하지만 마지막 순간도 중요하다고 생각한다. 이 날을 위해 조금 특별한 것을 할 수 없을까 고민하다가 〈20대를 마치며〉라는 주제로 영상을 찍기로 했다. 삼각대를 준비하고 숙소 가구 배치도 다시하며 제법 그럴듯한 구도를 만들었다.

카메라가 돌아가며 사뭇 긴장감이 흐르는 분위기 속에 가장 먼저 한 질문은 '20대를 한 단어로 말하면?'이었다. 어느 계기로 다른 인생을 살게 된 친구는 '변화'를 말했고 전과 등 여러 가지를 선택해 왔던 친구는 '선택의 연속', 아직 취준생이었던 친구는 '후회'라고 했다. 그걸 시작으로 20대에서 가장 힘들었던 순간, 서른 즈음에 느끼는 서른이라는 느낌 등 여러 질문들이 이어졌다.

나는 어떤 20대를 살아왔을까? 나의 첫 번째 질문에 대한 대답은 '결코 다시 노력하고 싶지 않은 20대'이다. 그만큼 다시 노력하고 싶지 않기 때문이다.

1. 열심히 사는 삶

열심히 살고 싶다고 다짐한 군인 시절, 혹은 본격적으로 대학생활에 집중했던 스물세 살 봄. 열심히 살고 싶었던 배경에는 그럴듯한 꿈이나 포부는 없었다. 다만, 그때 당시에 남들보다 너무 못나다고 스스로 자책하던 나였고 그런 열등감에 쌓인 채 더 이상 살고 싶지 않았다. 쉽게 말해서 이렇게 살기 싫었다. 그때부터 열심히 살았다. 전통적으로 사람들의 성공신화에 나오는 노력으로 일구는 기적을 믿으며 적어도 스물한 살부터 스물일곱 살 봄까지의 나는 항상 이 악물고 노력했다. 사람들에게 결과로 증명하지 못하면 노력은 결국 아무것도 아니라고 생각했다. 결과적으로 말하면 그 노력은 나에게 많은 것을 가져다주었다. 내 인생을 바꿨다고 말할 수도 있을 것이다. 그렇기에 항상 꿈꾸고 그것을 이루기 위해 노력하며 정진하는 삶, 그게 행복할 수 있는 방법이라고 생각했다.

2. 열심히 살지 않는 삶

스물일곱 살 봄, 과테말라 안티구아에서 더 이상 열심히 살지 않기로 다짐했다. 모든 것에 지쳐 있었고, 더 이상 결과를 위해 과정을 희생하기가 싫었다. 참 웃긴 건 스물한 살의 나는 열심히 살기로 다짐했고 6년 뒤의 스물일곱 살의 나는 열심히 살지 않기로 다짐했다. 더 이상 노력이라는 단어 뒤에 행복을 숨기고 살고 싶지 않았다. 그리고 스페인 순례자의 길로 떠났다. 800㎞를 걸으며 어렴풋이 했던 내 생각에 확신이 들었다. 이게 행복이라는 거구나. 이제 열심히, 노력이라는 말에 행복을 외면하지 말자. 한국에 돌아와서는 다짐한 대로 참 열심히 살지 않았다. 다시 말하자면 해야 하기에 하는 것만을 위해서는 살지 않았다.

취업을 해야 했지만 취업을 위해서 하루 종일 도서관에서 인적성 문제집을 풀고, 모의면접을 준비하고 그렇게 또 다시 열심히 살고 싶지 않았다. 대신에 하고 싶은 것에 더 몰두했다. 객관적으로 볼 때, 지난 시절에 비해서 턱없이 노력하지 않았다. 순례자의 길에서 생각한 대로 잘 살고 있었다. 하고 싶은 걸 하는 나는 스스로 채찍질하며 살았던 지난 몇 년보다 비교도 안 될 만큼 더 행복했고 빛났다. 분명 해야 할 게 있었지만, 마냥 그 목표만을 위해 과정을 뭉개 버렸던 지난 시절과 달랐다.

3. 노력을 하라는 거야 말라는 거야?

나는 왜 하기 싫은 공부(일)을 해 왔던 것일까? 심지어 열심히 말이다. 꿈꾸지 않아서이다. 아니, 꿈꾸는 방법을 배우지 못했다. 그래서 난 몰랐다. 내가 무엇을 어떻게 하고 싶은지. 그래서 모두가 걷고 있는 그 길을 따라 걸었다. 답은 정해져 있다는 듯 많은 사람들이 우리에게 성공하는 길을 알려 준다. 'SKY 가세요.' '대기업에 가세요.' '결혼은 전문직이나 공무원과 하세요.' 그리고 다시 자식에게 자신의 꿈을 투영하며 같은 걸 요구한다. 세상은 우리에게 성공을 강요한다. 마치 저런 조건에 미치지 못하면 낙오되는 것처럼. 심지어 좋은 대학을 나오고 전문직이나 일류

기업에 들어갔다고 치자. 저게 바로 성공인가? 행복인가? 저게 진정 내가 원하는 꿈인가? 모르는 거다. 인생은 프린세스메이커처럼 뭐 하나 더 해졌다고 매력 +10, 행복 +20 이렇게 되는 것이 아니다. 하지만 나도 경쟁에서 낙오되지 않으려 노력이라는 이름하에 나를 혹사시켰다.

수많은 사람들이 노력을 하지만, 그 기회는 한정되어 있다. 노력만으로 성공하는 시대는 지났다. 그리고 그것을 손에 쥔다고 해서 행복할 거란 보장도 없다. 노력을 하지 말라는 이야기가 아니다. 성공을 좇지 말고 꿈을 좇으세요! 같은 이야기도 아니다. 노력을 하고 꿈도 꾸지만 너무 결과에 모든 걸 걸지는 않았으면 좋겠다. 결과를 위해서 과정이 희생당하지 않았으면 좋겠다. 결과가 좋지 않더라도 나름의 최선을 다 했다면 실망은 해도 후회는 할 필요 없다. 또한 노력을 한다고 해서 행복하지 말라는 게, 즐겁지 말라는 게 아니다. 충분히 그 속에서 자신을 놓지 않고 의미를 찾으며 잘 살아갈 수 있다. 지금 다시 생각해 보면 '조금 더 여유를 가질걸, 조금만 열심히 살지 말걸.'이란 생각이 든다. 그러면 적어도 조금 더 행복했겠지?

이렇게 살아가고 싶다. 내 마음대로 꿈꾸지만 애쓰지 않고 너무 아파하지도 않고.

99 오고 가는 마음

시작은 조용히 강렬하다. 결심해서가 아니라 어느새 내 속에 채워진 것을 바라본다. 나조차 몰랐기에 스스로 놀라지만 그 느낌이 어쩐지 너무나 소중하다. 이 간질거리는 두근거림을 열병처럼 안고 있다가 조심스럽게 연락해 본다. 평소에는 그냥 보냈을 짧은 메시지이지만 오늘따라 왠지 이 몇 줄이 이렇게나 어렵다. 너무 오그라들지 않나? 아니면 너무 진중해 보이나? 짧은 시간에 머릿속에서 몇 번이고 쓰고 지우기를 반복하다가 '그래 평소처럼 보내자.'라며 적당히 평범한 문체를 고른다. 겉치레적인 인사말들이 오고간다. 이제 곧 잘 밤이지만 기다리고 싶지 않아 한 번 더 용기를 내어 여러 가지를 물어본다. 그렇게 밤이 깊어지고 낮이 찾아와도 우리의 대화는 끊이지 않는다.

'어쩌면…'이라는 생각에 혼자서 바보처럼 웃어본다. 그냥 흘러듣던 노래 가사가 귀에 들어오고 왠지 철 지난 봄노래를 다시 꺼내 듣고 싶다. 안 그래야겠다고 다짐했건만 조금이라도 더 좋은 사람인 듯 보이고 싶어서 여러 얘기를 들려준다. 내가 좋아하는 걸 말할 때면 부디 상대도 좋아해 주면 좋겠다고 생각한다. 어디로 이어질지 모르는 긴 이야기가 이어지고 우리는 또 다시 만난다.

이렇게 우리는 서로를 모르지만 강렬한 끌림으로 작게나마 알아간다. 시작은 달콤하기에 우리는 서로의 빛나는 모습만 바라보게 된다. 시간이 지나면 우리는 모든 게 빛나 보였던 환상에 벗어나 서로 감추고 싶었던 모습까지 볼지도 모른다. 그리고 우리는 각자의 방식대로 상상해 왔던 그 사람과 사실은 많이 다르다는 걸 알게 될지도 모른다. 사랑이 변했다라고 말하기도 하지만 어쩌면 그건 그 사람이 어떤 사람인지 뒤늦게 알아 버린 것이다. 타인을 늦게 알아 버리기도 하지만 반대로 내가 어떤 사람인지도 뒤늦게 알아차린다. 보고 싶지 않은 나의 밑바닥은 이렇게 멋없고 성숙하지 못하구나. 겪고 나서야 나는 생각보다 별로인 사람임을 알게 된다.

좋은 모습만 보여 주었기 때문에 앞으로 더 실망할 일이 많을 거라고 생각하면 벌써 가슴 아프다. 나의 성숙하지 못했던 과거가, 감추고 싶었던 모습이 시간이 흘러 또 다시 나올까 봐 시작하기도 전에 벌써 두려워진다. 그게 서로에게 아물지 못할 상처가 될까 봐 무섭다. 그래서 처음부터 좋은 모습만 보여 주고 싶지 않았는데 나는 또 다시 피할 수 없는 실수를 반복하고 있다.

내가 더 나은 사람이 되어야만 할까. 아니면 정말 맞는 사람을 만난다면 나의 이런 생각이 무색할 만큼 그저 행복하기만 할까. 모두의 바닥을 서로가 내려다봤을 때 아무 일 아니라는 듯 웃으며 다시 올려 줄 수 있을까. 사람이 온다는 것, 사랑이라는 것은 내가 어릴 적 생각했던 것보다 훨씬 더 어려운 단어가 되어 버린 것 같다.

100 나를 스쳐간 모든 사람에게

스물에서 시작한 이야기가 서른의 문을 열고 끝났다. 매 연말마다 우리는 무언가를 정리하고 그리고 새로운 다짐으로 또 다른 새해를 준비한다. 똑같은 시간의 흐름일지라도 이름 붙이기에 따라 가지는 느낌이 달라진다. 11월 30일에서 하루가 지난 것과 12월 31일에서 하루가 지난 것은 확연히 다르다. 12월까지는 앞선 이야기들의 일부가 되지만 어쩐지 1월은 그 과거가 뭐가 중요하냐는 듯이 덮어 버리고 새롭게 시작하게 한다.

서른이 된다는 것도 28에서 29가 되는 느낌과는 사뭇 달랐다. 똑같이 1이 더해지는 것이지만 20대가 끝이 났다는 생각에, 30대가 시작된다는 생각에 무언가 정리하고 싶어졌다. 그런 까닭이었을까. 내 20대를 정리하는 글을 써내려 가기 시작했고 그건 나의 쓰고 달았던 20대에게 주는 선물이 되었다.

정리하며 지난 사진들을 다시 꺼내어 보니 반가운 순간들이 너무나도 많다. 하지만 사진에 남겨지지 않은 순간들은 서서히 우리에게서 멀어져 어쩌면 영원히 기억해 내지 못할 곳으로 떠나 버릴지도 모른다는 게 슬프다. 불과 몇 년 전의 일이 무엇이 그렇게 힘들었는지 또 무엇이 그렇게 즐거웠는지 아득해져 간다. 하지만 아직 또렷하게 기억에 남는 건 내 모든 시간들을 함께했던 사람들이다. 내 작은 세상의 한 조각이 되어 주었던 사람들을 만나면 내가 잊어버린 이야기들로, 우리가 함께 만들어 간 추억으로 종일 물든다. 그렇게 나에게 잊혀 가던 이야기가 다시 내게 돌아온다. 우리는 그렇게 서로가 서로에게 그곳에 있었고 무엇을 해 왔는지 말해 주는 중인이 된다. 이 힘들었고 또 즐거웠던 기억을 나눌 사람이 있다는 건 큰 행복이다.

바쁜 삶 속에 정기적이진 않지만 꾸준히 나를 스쳐지나간 사람들을 만나려고 한다. 이건 나를 있게 한 모든 사람들에게 느끼는 감사와 애정이 담겨 있는 의식과 같다. 돌이켜보면 그 모든 순간에는 사람이 있었다. 그들이 없었더라면 나는 그 시간을 이겨 낼 수 있었을까. 새로운 여정을 떠날 용기를 얻을 수 있었을까. 비록 우리는 지나간 페이지를 자주 열어보며 추억하기엔 숨 가쁜 삶을 살고 있지만 그들은 너무나 고맙고 소중한 존재라는 건 변함없다. 글에 모든 이름을 적을 수는 없겠지만, 적으며 떠올린 같은 시간을 공유한 모든 사람들에게 감사를 전한다.

나의 20대의 끝에, 함께 추억할 사람이 남았다고 생각하니 절로 미소가 번진다. 나도 누군가에게는 이런한 추억의 한 조각이길. 그리고 우리가 다시 만나 그때를 생각하며 웃음꽃 피우길.

Epilogue

일을 하며 글을 적은 지 1년이 넘었고 끝이라는 생각이 들자 소리를 지르고 싶을 만큼 기뻤다. 나에게 글은 무엇이었을까. 적기로 한 이상 시간이 날 때마다 해야 하는 숙제같이도 느껴졌지만 마음이 공허할 때, 무언가에 기대고 싶을 때 글보다 더 큰 위로는 없었다. 내가 느끼는 모든 걸 여과 없이 적어 보니 어느 때보다 나에게 솔직해졌고, 모든 생각이 이야기로 이어질 수 있다고 생각하니 내 감정을 더 면밀히 신경 쓰게 되었다.

흘러간 시간을 적는다는 것은 과거의 감정을 다시 꺼내어 추억에도 젖어 보고 누군가를 그리워하고 잊었던 꿈을 다시 생각하는 너무나 소중한 일이었다. 살아가며 이렇게까지 내 감정을 스스로 물어보고, 과거를 집요하게 그리는 날이 또 다시 올 수 있을까. 후련하다가도 이내 아쉬움이 밀려온다. 어쩌면 적기로 해서가 아니라 너무 적고 싶어 글을 계속 적어 나갈지도 모르겠다는 생각을 한다.

하나씩 어렵게 써내려 간 글은 마치 나의 스물에게 주는 선물과 같다. 힘들고 아파했던 스물의 나에게 그래도 네 덕분에 조금은 성숙한 어른이 되었다고 말해 주고 싶다.

나
의
스
물
에
게

ⓒ 권오욱, 2019

초판 1쇄 발행 2019년 10월 14일

지은이   권오욱
펴낸이   이기봉
편집   좋은땅 편집팀
펴낸곳   도서출판 좋은땅
주소   서울 마포구 성지길 25 보광빌딩 2층
전화   02)374-8616~7
팩스   02)374-8614
이메일   gworldbook@naver.com
홈페이지   www.g-world.co.kr

ISBN   979-11-6435-711-6 (03810)

이 도서의 국립중앙도서관 출판예정도서목록(CIP)은 서지정보유통지원시스템 홈페이지(http://seoji.nl.go.kr)와 국가자료공동목록시스템(http://www.nl.go.kr/kolisnet)에서 이용하실 수 있습니다. (CIP제어번호 : CIP2019039207)